對話話

【基礎篇】

學文法

Grammar in Dialogue

U0072097

http://booknews.com.tw/mp3/9786269724468.htm

此為 ZIP 壓縮檔,請先安裝解壓縮程式或 APP,iOS 系統請升級至 iOS13 後再行下載,
此為大型檔案,建議使用 WIFI 連線下載,以免占用流量,並確認連線狀況,以利下載順暢。

Prologue 前言
英文成績好的人，真的很懂文法嗎？

當我的學生詢問如何學習文法時，我總是會反問：「為什麼要學習文法？」，但遺憾的是，幾乎沒有學生能明確回答這看似簡單卻根本的問題。說不定這些學生也都認為，這個問題答不出來是理所當然的吧！為什麼必須學習英文文法呢？如果知道必須學習的理由，那麼，「要如何學習」的解答，也就隨之出現了。

大部分的學生、上班族，都是歷經了小學、國中、高中，透過各種文法書來學習英文文法，而有些人來到了我工作的美國佛羅里達州立大學語言學校，在簡單的英文文法分級測驗後，卻無法在八個程度分級之中取得 Level 3 以上的分數。接著學期開始後，又總是抱怨文法教學的內容太過簡單，他們會說：「我以為我來到美國後會學到更高深的文法，但我為什麼一直在學我已經學過的內容啊？」。有些人一邊主張自己的文法程度很強，一邊與這裡的美國講師們針對文法知識展開唇槍舌戰。他們認為自己比美國講師更了解英文文法，然而事實真的是這樣嗎？

針對這個問題，我不置可否，再說得更清楚一點，我認為因為每個人看待文法或文法教育的觀點都不同，因此答案也會有很大的差異。在現行的教育體制下，英文文法被認為是用來學習、理解、背誦的「知識」，因此，許多人在教室內外都把文法當成公式在記，這讓很多英文成績取得高分的人都擁有不會輸給大部分英文母語人士的淵博文法知識。從這個角度出發的話，「英文成績好的人，文法都很強」的這個結論可能是真的。另一方面，以英文為母語的美國人在教英文時，文法會被認為是這個語言的一部分，必須透過內化與習得（Acquisition）來學習，而不是將文法當成是必須學習、理解與背誦的「知識」。這讓他們在教導學生文法時，會盡量減少「教學（Teaching）」，而是帶領學生在適當情況下實際使用、練習有運用到文法觀念的句子，讓學生能夠透過口說和實際運用來學習文法。這所語言學校在文法教學上的方針和目標，就是讓學生能夠在自己創造的句子中，自然運用正確的文法。這也就是為什麼目前在美國教授英文文法課程的絕大多數講師，都會表示自己的教學內容是 Grammar-in-Use（實際運用下的文法）與 Grammar-in-Context（根據情境使用的文法）。在以這種方針進行教學的學校之中，要衡量學生文法實力時，理所當然不會使用填空或選擇題，而會採取與學生交談（Speaking）及試寫（Writing Sample）的方式，來分析學生是否能正

確使用文法。

TOEFL iBT 也同樣是用這種方法來衡量學生的程度。在主辦 TOEFL 的 ETS 主導之下，TOEFL 中已經有好一段時間找不到文法題了，取而代之的是，在為 Speaking 和 Writing 評分時，會仔細檢視學生在實際運用下的文法（Grammar-in-Use），並反映在最終分數上。

聰明的讀者現在可以知道，為什麼大部分的人，都無法在美國大學語言學校的簡單評測中取得 Level 3 以上的成績，原因就在於，這裡不是用填空或選擇題來評估學生的文法實力，而是檢視學生的 Speaking 和 Writing Sample。也就是說，會有這樣的結果，不是因為大學生們的文法知識薄弱，而是因為他們實際運用下的文法（Grammar-in-Use）能力不佳，所以只能被分配去上相當於初中級程度的文法課程。簡單來說，這些學生精通各種完成式、直接與間接轉述、各種假設語氣，但在句子中，卻連第三人稱單數現在式動詞的後面要加 -s 或 -es，這種最基本的動詞規則都無法好好遵守，那當然只能被安排去上初級課程了。在這種情況下，就算知道第三人稱單數現在式的動詞要如何變化，也毫無意義。在美國課堂上，會被認為文法實力優異的人，是那些能夠在實際情境中，開口說出合乎文法的句子的人，也就是在 Grammar-in-Use 和 Grammar-in-Context 上表現優異的人，而不是那些能比別人說出更多文法「知識」（Grammar Knowledge）的人。

我在韓國和美國教了多年英文，看著學生們因為沒有領悟到這個簡單的道理，就算努力學習英文文法，仍無法提升真正意義上的文法實力，進而寫了這本書。和我一起開發了佛羅里達州立大學 Center for Intensive English Studies 文法課程的 Jernigan 博士，總是對學生強調「培養你的直覺！（Develop your intuition!）」。這句話的意思即是不要把文法當成公式那樣試圖背誦，而是要接觸各種例句，正確使用相應的文法，誘導並發展出「直覺」。在此前提之下，本書雖然收錄了有助於理解的基礎文法說明，但去掉了許多看起來很厲害、但卻不是很有用的文法知識與說明，並專注於透過各種例句讓學生以句子情境來理解基本文法，並發展出自己的「直覺」。本書中所收錄的許多例句及對話，都是我在這所大學之中，一邊教導各種程度的學生，並特別參考我們以往經常犯錯的內容所編寫而成的。這本書裡有著我的經驗和心血，希望能夠對在英文學習之路上辛苦的學生們有所幫助！

於佛羅里達
作者　金峨永

3

學文法的最終目標
就是像母語人士一樣說話！

　　不管喜歡與否，說到英文就會想到「文法」，而文法和英文就像是一體兩面。不過，每位教育家對此的見解不同，所以其中也有人主張即使不學文法也能學好英文。這句話本身並沒有錯，因為如果是在英語系國家出生的人，即使不學習文法也能說好英文。但是，美國人在從學校畢業後，仍然會透過文法書來學習文法。這是為什麼呢？原因就在於他們想要說出更正確的英文，還有使用精確的英文句型來提高自己說話的格調。連母語人士都這麼努力學習，而且我們所使用的母語文法架構還和英文相當不同，當然就更需要學習英文文法了！

　　然而，我們的問題是在學習時用錯了方法。各位為何要學習文法呢？大多數人都是因為想要能夠順暢對話。那麼，若想要和母語人士一樣自由自在地使用英文進行對話，是不是應該把重點放在進行對話時感到困難吃力的部分呢？我們這套系列書，分為構成主詞、受詞的名詞部分、在句子結構中帶有名詞功能的部分、以及與名詞相關的其他詞類（本書），和能夠左右句子整體架構的動詞部分（進階篇）這兩部分。

　　事實上，只要把句子的主要構成要素「主詞」、「受詞」、「補語」和「動詞」都放在正確的位置上，句子就完成了。不過，想讓對話更精彩而學習文法的學習者們，必須優先解決的問題是，如何構成相當於主詞和受詞的部分，以及如何結合時態來運用動詞之間的細微差異。然而，大部分學習者都忽略了這些問題，而執著於五大句型或文法術語，且經常絞盡腦汁用自己學過的文法來解釋句子，真是令人感到惋惜。

　　當人們說他們想要擁有會話能力時，意思是「只要能像英美母語人士那樣對話就好了」。其實那些人贏是贏在他們是在那裡出生長大的，所以說起英文來沒什麼困難。但他們在對話時的關鍵，在於他們會按照正確語順並利用動詞間的細微差異來說話。各位也要將重點放在這裡，熟悉文法並使用它們。想要像母語人士一樣自由自在地用英文說話，並非是不可能的夢想。這本書將會陪伴在各位的身邊。

推薦這本書給下面
這些讀者！

文法學習量與會話實力成反比的人

許多人抱怨自己已經非常努力學習文法了，卻仍然無法用英文彼此溝通。這是為什麼呢？這是因為他們用的不是專門針對提升會話能力的文法書！

然而，這本書是不一樣的。本書捨棄了不常用的文法，整理出讓程度較為基礎的人也能發揮出最大會話實力的內容。現在你所看到的，正是這樣的一本書！

迫切想提升會話能力，卻很討厭看文法書的人

其實，現在市面上的文法書給人的印象都非常生硬。雖然不是什麼數學書，但卻寫滿了密密麻麻的文法公式，前後例句毫無連貫性，讀起來實在無趣。因此，很多人只讀了文法書的前面一部分，就放下不讀了。

這本書會告訴各位，學生們要如何有趣、愉快地學習英文文法。我在遙遠的美國費盡心思，成功教授文法給世界各國各式各樣的學生們。我把這些經驗融會貫通後，製作成這本便於閱讀的書。為了讓每個說明都清楚好理解，所以我加入了會話例句，讀者們將會發現，原來文法書讀起來也能如此流暢啊！

因為英文學習書的例句很無聊，完全看不下去的人

例句就是文法使用情境的縮影，無論怎麼想都是書中最重要的部分。然而，大部分文法書的例句，都只著重在某個文法重點，這樣說來豈不是沒有在例句上用心嗎？

讓讀者透過能夠切身體會的例句來學習文法，這才能說是最理想的學習書，因此，作者編寫例句時費了不少心思。本書例句中涵蓋了母語人士最常運用的情感表達，並將這些表達徹底與一般人會使用的句子完全融合。能夠讀到在其他書上看不到的例句，一定會很有意思！

像母語人士一樣説英文的核心觀念
Grammar-in-Use、Grammar-in-Context

　　若想把英文說得像母語人士一樣好，前面已經大略提過需要知道的事項了，也就是必須確實理解構成主詞、受詞的名詞部分，以及會左右句子構成的動詞與相關時態。那麼，「應該學習什麼？」的答案就呼之欲出了。現在就只剩「怎麼做？」的 how 了。這個問題的答案有兩個，也就是 Grammar-in-Use 和 Grammar-in-Context。

　　Grammar-in-Use 可以解釋為「實際運用下的文法」。與其學會所有與構成主詞或受詞的名詞部分有關的文法，不如只學習實際運用度高的文法就好了。可以在句子中做為主詞或受詞的是什麼呢？那就是名詞。那麼，只學習一個名詞就夠了嗎？名詞還會加上冠詞，也會加上介系詞，有時還附帶了一些形容詞。再加上句子裡有時還會出現與名詞毫不相干、但作用卻如同名詞的東西。各位必須學習的就是這些內容，因為在實際會話中用到這些文法的頻率很高。以前曾在文法書的名詞篇中，看到「分化複數」這個詞，只看字面根本就猜不出到底是什麼意思，它指的其實是名詞後面再加上表示複數形的 -(e)s 時，會完全變成另一種意思的情況。舉例來說，arm 加上複數形 -s 的話，雖然也可以是「手臂」的複數形，但也是「武器」的意思。光看字面的話，會以為這是一個多麼深奧的文法重點，但就算把這個專有名詞背了下來，各位的會話能力就會提升嗎？絕對不會！

　　因此，這本書以 Grammar-in-Use 為基礎，只收錄進行會話時會用到的內容，因此不會和市面上的英文文法書一樣，以五大句型為主來進行說明，且也不會過度使用專有名詞，只會介紹讓讀者能夠用在對話中精準表達所需的重要內容。

　　Grammar-in-Context 的意思，準確來說是「根據情境使用的文法」。也就是透過句子的情境來理解文法。舉例來說，讓我們看看 run 這個動詞吧！說到 run，各位可能只會想到「奔跑」這個語意，例如 I run in the park every morning. 這個句子中的 run。

但是，在 I used to run 10 miles to lose weight. 這個句子中，就不能單純解釋為「奔跑」，而是後接受詞的動詞「跑～」的意思。我想說的是，在看到動詞 run 時，不要認定它只有一個意思。必須要透過句子的情境來掌握它的意義。那麼，請再看下面這個句子 My uncle runs a language school.，在這裡的 run 是「奔跑」的意思嗎？不是的，這時候應該理解成「經營」、「管理」的意思。然而，只要把這個意思記住，就能馬上拿來用嗎？其實我們的大腦，並不是把單字字義記住就能依照句子情境來使用，而是必須先理解句子情境，才能正確使用單字。

　　因此，在這本書中，會利用可透過句子情境來理解的會話，來讓讀者理解重要的文法觀念。也許有人會說：「單靠句子情境不夠吧？」，不過，句子的情境不是單純把句子放在一起就能營造出來的，而是互相溝通時所感受到的氛圍、語氣或上下文理解等的一個整體。雖然理解上可能會有點吃力，或者覺得學習進度的進展快不起來，但越是基本的單字，越要加倍努力將它們按照情境正確運用在句子之中吧！在未來的某一瞬間，英文就會不知不覺地變好！

　　融會貫通 Grammar-in-Use 和 Grammar-in-Context 的關鍵，就是「習得」（acquisition）。只是透過學習（learning），英文是絕對不會進步的。一個只是看過許多手術影片的外科醫生，難道就能夠執行困難的手術嗎？一定要親自拿起手術刀操作才行！英文也是如此，不能因為學到了東西就感到滿足，必須要有強烈的企圖心，在生活中實際運用，讓它們真正成為自己的東西！在這種強烈的企圖心下，更專注於學習實用性高的文法，並且按照情境積極應用在句子之中，各位的會話實力就絕對不會停滯不前，而是會展翅高飛！

強烈推薦您這樣學習！

從頭到尾讀一次

這本書從第一章到最後一章的內容都互相連貫，因此建議你仔細地從頭到尾看一遍。此外，作者的說明很簡潔，只要透過說明就能夠理解例句，讀者們完全不會感覺到閱讀一般文法書時的沉重和冗長感。

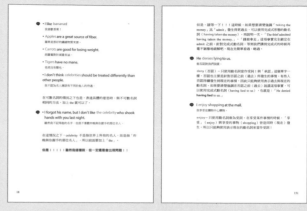

請把會話例句記下來

所有會話例句都是用心寫成的。唯有透過句子的情境，才能徹底了解相關文法，因此，這些句子根據實際情境而寫出來的。這些會話之中蘊含著美國人的思考方式和情感表達，因此比起單純用來學習文法，這些會話例句具有更深層的意義。請不要認為只要看過一遍就好，而是要慢慢地、一句一句地跟著會話例句學習，請多看幾次吧！

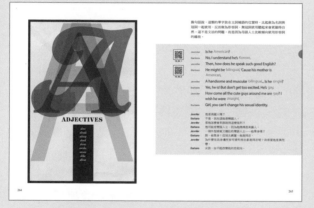

請聽兩種版本的錄音檔

本書所收錄的會話分別錄製了 slow 版本和 natural 版本。QR 碼尾數 1 是 slow 版；尾數 2 是 natural 版本。在大部分的 slow 版本之中，排除了情感、口音、連音等因素，且唸得比正常說話時的語速要慢。這個版本，針對個別單字的發音準確，因此對聽力很有幫助。natural 版本則是以母語人士正常說話時的語速、語調、連音及語感來錄製，因此能夠聽到相當生動的會話。各位只要依照自己的需求選擇即可。

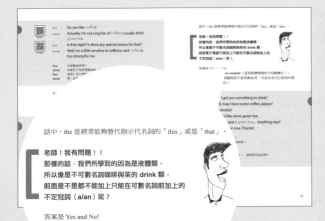

可別錯過能為所有人解惑的「我有問題！」專欄

各位想知道的內容，也會是其他人想知道的。作者也經常會被問到這些問題。在本書中不時出現的「我有問題！」，收錄了與書中內容有關、也是學習者們最想知道的問題，並給予最簡單、清楚而正確的答案。只要好好學習這些內容，各位的會話實力一定會瞬間突飛猛進喔！

幫助理解英文學習法的「外語學習理論」

在碰到某種情況時，如果我們能夠了解會發生這種情況的背景或理論，就更能輕鬆理解，同樣地，我們一直努力想要流利對話，但這樣真是正確的嗎？此外，在發生某些情況時，應該要怎麼應對才好，這些都會在「外語學習理論」中為各位介紹。外語學習理論並不是主修語言的人才需要學習，它們能幫助各位更確切掌握在學習中會碰到的情況，並朝正確的方向學習。這部分提供了與學習理論有關的豐富知識，請千萬不要跳過不讀喔！

Contents

進階篇
（動詞篇）
（推薦給想
要增強動詞
實力、精準
表達的你）

CHAPTER

1

冠詞的使用
現在用直覺判斷！

ARTICLES

在第一章，讓我們從冠詞（a/an/the）的使用方法開始，這對非英語母語人士來說是困難的要求。第一章是針對母語非英語的各位，從聽說是最艱難的冠詞（a/an/the）使用方法來開始破解。別放太多心思在文法公式上，例如：可數名詞（能夠計算的名詞）前面的 a/an；不可數名詞前面的 a/an；以及，除了專有名詞前面幾個無冠詞的例外等。不，請暫時遺忘吧。並且和我一起透過多樣的內文與豐富的例句來培養使用冠詞的直覺吧！ Develop your intuition!!

第一！通用的意思（Generic use）與
特定的意思（Specific use）

NO NOTHING vs. THE

一起來觀察以下對話，名詞「salt」和「sugar」在上下文中是做為什麼意思使用，以及與其他冠詞的使用方法為何。同時充分地了解對話上下文！

01_01_1

01_01_2

Eric Hey, dude! What are you reading?

Mark Well, I found this book at Borders▶ yesterday, and it's all about salt.

Eric Salt? What about it?

Mark Did you know that there are more than 10,000 uses of salt?

Eric Really? How so?

Mark It's not just for cooking. We can use salt as a health or beauty product. In addition, salt has many uses in modern aquaculture.

Eric So, why are you so interested in salt usage?

Mark As a matter of fact, I always wanted to write this kind of book about sugar.

▶ Borders 為美國有名的大型連鎖書店（相對於臺灣的誠品書店），但是在 2011 年的時候破產。

Eric	Sugar? Are you positive? Sugar is bad for you. It can cause tooth decay and contributes to obesity. There are tons of ways that sugar can ruin your health.
Mark	I'm not talking about eating sugar. I wanna write about using sugar in different ways. Sugar makes cut flowers last longer and also kills cockroaches.
Eric	Sugar kills cockroaches? I've never heard about that.
Mark	It does. Mix equal parts of sugar and baking soda. Then, the sugar attracts cockroaches, and the baking soda kills them.
Eric	Wow! By the way, how do you know all of that so well?
Mark	I Googled it.

Eric	嘿，朋友，你在讀什麼？
Mark	我昨天在 Borders 找到這本書，這是全都在談論鹽的書籍。
Eric	鹽？關於鹽的什麼？
Mark	你知道有超過一萬種使用鹽的方法嗎？
Eric	真的嗎？怎麼用？
Mark	不是只有用來烹飪。還能夠使用在健康與美容產品上。此外，在現代水產養殖上也有許多用途。
Eric	但你怎麼會對鹽的用途有興趣？
Mark	事實上，我常常想要寫關於糖的這類相關書籍。
Eric	糖？你確定嗎？糖對身體不好。因為會造成蛀牙，或是導致肥胖。糖對健康的傷害是無窮無盡的。
Mark	我不是指吃糖。我想要寫關於糖的不同使用方法。糖能夠使花瓶裡的花活得更久，而且還能夠用來殺蟑螂。
Eric	糖能殺蟑螂？我沒聽說過那種事耶。
Mark	其實可以。先把糖與小蘇達粉攪拌在一起。之後，糖會吸引蟑螂，然後小蘇打粉會殺死牠們。
Eric	哇！你怎麼這麼了解？
Mark	我用 Google 查的。

好，如果現在讀完的話，請回答接下來的問題。

Q 以上對話中，Salt 與 Sugar 前面都沒有冠詞的原因是？

A 因為在對話中的 salt 與 sugar 皆不是表示特定的鹽或是特定的糖，而是指一般全部的鹽／糖，所以前面不加冠詞。因此，在描述一般事物的時候，前面不會加定冠詞（the）。

好，這次也是像前面一樣，來觀察以下與冠詞一起使用的名詞 salt 與 sugar 的對話。請思考以下對話的 salt 與 sugar 有什麼不同，以及與其他冠詞的使用有何不同，在聽我說明之前，請讀者思考一下。

01_02_1

01_02_1

John	Honey, could you pass me **the** salt, please?
Tanya	Are you talking about **the** salt on this table?
John	Yup!
Tanya	Don't eat **the** salt. Tony was playing with it all day long, and God knows what's in it. Let me get you another shaker.
John	What about **the** sugar on this same table?
Tanya	Well, I'm not sure, but let me just throw it away. You know, just in case.... I'll buy a pack of sugar tomorrow.
John	Oh, no! I really liked **the** sugar. You know, it's organic, and moreover, my friend Amon sent it to me from Kenya, Africa.
Tanya	I'm sorry, honey. I swear I won't put sugar near the baby again.

John	親愛的，可以請你把鹽遞給我嗎？
Tanya	你是在說在這張桌子上的鹽嗎？
John	對！
Tanya	別吃這個鹽。Tony 今天一整天一直玩它，真不知道鹽裡面被加了什麼。我再拿其他罐給你。
John	好，那同一張桌子上的糖呢？
Tanya	嗯，我不知道，但我先把它丟掉好了。就以防萬一……我明天再買一包的糖。
John	喔，不！我真的很喜歡那個糖。你也知道那糖是有機的，而且那也是我的朋友 Amon 從非洲肯亞寄給我的。
Tanya	親愛的，抱歉。我不會再把這些糖放到離寶寶很近的地方了。

Q 同樣是單字 sugar 與 salt，那這次在前面加上定冠詞 the 的理由是什麼呢？在例句中，這兩個單字的意思改變為何呢？

A 在這次的對話中，不是剛剛出現的蘊含一般意思的 sugar 與 salt，而是指特定的 salt（不是指任何的鹽，而是「擺放在桌子上的那個鹽！」）與特定的 sugar（不是指任何的糖，而是「我朋友從肯亞寄的那個糖！」）之意，所以必須使用「the」！在例句中的冠詞使用方法是正確的。當然，在 Tanya 最後談話中的糖，因為不是指特定的糖，而是指所有糖的意思，因此前面不需要加上 the。

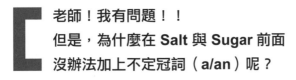

老師！我有問題！！
但是，為什麼在 Salt 與 Sugar 前面
沒辦法加上不定冠詞（a/an）呢？

因為 Salt 與 Sugar 跟 flour、sand、rice、powder、dust、soil 等，都是不可數名詞，因此前面無法添加 a 或 an。在英語中，會把此種類的粉末看做是不可數。另外，在可數名詞的情況，與以上同樣是通用意思使用的情況下，英語母語人士主要使用複數形態：

💬 • I like bananas!

我喜歡香蕉！

• Apples are a great source of fiber.

蘋果是很好的纖維物質來源。

• Carrots are good for losing weight.

胡蘿蔔對於減重有益。

• Tigers have no mane.

老虎沒有鬃毛。

• I don't think celebrities should be treated differently than other people.

我不認為名人應該有不同於他人的待遇。

在可數名詞的情況之下也是，表達具體的意思時，與不可數名詞相同的方法，加上 the 就可以了。

💬 • I forgot his name, but I don't like the celebrity who shook hands with you last night.

雖然我不記得他的名字，但我不喜歡昨晚與你握手的那位名人。

在這情況之下，celebrity 不是指世界上所有的名人，而是指「昨晚與你握手的那位名人」，所以前面要加上「the」。

但是！！！！！雖然我這樣説，但一定還是會出現問題！！

老師！
flour、sand、powder、dust、soil
我大概能夠理解為什麼不可數
但米（rice）不是也可以一粒、兩粒來數嗎？
到底什麼是可數名詞和不可數名詞呢？

仔細想想看！別直接背起來，要思考看看！！！
可數名詞與不可數名詞的分類（category），在許多情況之下無法明確地區分。以這種分類為名的語言學家 Geoffrey Leech 在《A communicative Grammar of English》一書中提出以下的解釋：

💬 "These categories are based not so much on the world itself, as on the way our minds look at the world."

這句話到底是什麼意思？所以，用我們自己的語言來解釋，來區分可數名詞與不可數名詞的分類，與世界所存在的現象和事實無關，而是以我們的心如何看待世界的方式為主！請讀者們記住，我們現在學的是語言，而不是科學或數學。在這裡更重要的是，這位語言學家 Leech 所說的，「我們（our）」到底是指誰，這是個問題。這個「我們」不是包含我與讀者們，而是指以英語為母語的人，也就是英美文化圈的人。所以，想要學好外語，必須要理解那國家的文化的這句話，並不只是表面話！

如果想要學好英語，必須要理解英美文化，這兩句話都是嘮叨的話！在學習英語文法的時候，必須要理解英語母語說話者的世界觀與觀點，這是為了要學好英語的必要過程，在學習英語文法時並不是個例外。

好，那麼再次回到米的這句例句，雖然米可以一粒、一粒來計算，可是在美國人的觀點是「心理上（psychologically）」感覺不可能，因為在日常生活中完全沒有必要去計算米，所以在大部分的例句中會被分類為不可數名詞。

我認為，美國人對於米的觀念，跟我們亞洲人對於糖的看法，都是相同的觀念。在我們的觀念裡，糖（不是方糖）用一個、兩個來數，是合理的事情嗎？當然，如果用放大鏡仔細去算的話，是有可能做到，但依照一般心理層面來看的話，幾乎是感到不可能的事情，事實上在日常生活中，根本是不會有數糖的狀況發生。所以，我們也不會一個、兩個去數糖，而是以包為單位計算。這是有許多學生會把可數名詞與不可數名詞搞混的部分，在下一個章節，我們來破解更多例句與對話吧。

那麼，我相信現在大家已經理解通用意思（Generic use）與特定意思（Specific use）的明確差異，（但就算還不是很理解的話，希望你繼續閱讀下去……先跟著學一次！）為了培養直覺，大家一起來閱讀多樣對話中的相同冠詞使用方法吧。Develop your intuition!!

| Paul | Do you like coffee? |
| James | Actually, I'm not a big fan of coffee. I usually drink green tea. |

| Paul | Is that right? Is there any special reason for that? |
| James | Well, I'm a little sensitive to caffeine, and coffee is too strong for me. |

Paul	你喜歡咖啡嗎？
James	其實我不是很喜歡咖啡。我通常都喝綠茶。
Paul	是嗎？有什麼特別的理由嗎？
James	嗯，我對咖啡因有點敏感，而且咖啡對我來說有點太刺激。

在以上的對話中，因為 coffee 和 green tea 都不是指特定的咖啡與綠茶，而是指通用意思的所有咖啡與綠茶，所以不需要加上冠詞 the。相反地，我們一起來觀察以下對話中的 coffee，在上下文中做為何種意思使用，以及加上冠詞之後的使用有何不同。

Avis	Oh, my God! I love this coffee!
Kim	The coffee you're drinking is imported from Peru.
Avis	Really? Where did you get it?
Kim	I picked it up at Starbucks.

Avis	這咖啡真的很好喝！
Kim	你現在在喝的咖啡是從祕魯進口的。
Avis	真的嗎？你從哪買到的？
Kim	我在星巴克買的。

在這裡 Avis 和 Kim 的談話中，他們不是指任何的咖啡，而是指特定的咖啡，也就是「現在 Avis 正在喝從祕魯進口的咖啡」，所以在句子中加上 the 是正確的冠詞使用方法。如同 Avis 的第一句

話中，the 是經常能夠替代指示代名詞的「this」或是「that」。

老師！我有問題！！
那樣的話，我們所學到的因為是液體類，
所以像是不可數名詞咖啡與茶的 drink 類，
前面是不是都不能加上只能在可數名詞前加上的
不定冠詞（a/an）呢？

答案是 Yes and No!
It all depends on the context!（這是根據情境的不同做變化！）
也就是，在以上兩篇對話中當然無法用，可是也有可以使用的情
況，如同以下狀況！

01_05_1

01_05_2

Waiter	Can I get you something to drink?
Laura	Well, may I have some coffee, please?
Waiter	Absolutely!
Michele	I would like some green tea.
Waiter	**A** coffee **and a** green tea… Anything else?
Laura	That's all for now. Thanks!

服務生	您想要喝什麼呢？
Laura	嗯……可以給我咖啡嗎？
服務生	沒問題！
Michele	我想要綠茶。
服務生	一杯咖啡、一杯綠茶……還需要其他的嗎？
Laura	先這樣。謝謝！

Do you like coffee?

Actually, I'm not a big fan of coffee. I usually drink green tea.

Is that right? Is there any special reason for that?

Well, I'm a little sensitive to caffeine, and coffee is too strong for me.

Oh, my God! I love this coffee!

The coffee you're drinking is imported from Peru.

Really? Where did you get it?

I picked it up at Starbucks.

很明顯地，在我們學的不可數名詞的咖啡與綠茶前面，這位美國服務生加上了可數名詞的不定冠詞（a/an）。這位美國服務生真的不知道咖啡與茶是不可數名詞這個事實嗎？不是那樣的！！！！我們可以知道，從這位美國服務生的立場上來看，這是為了要明確統計收到咖啡與茶的訂單數量，而做出必要的選擇。所以，如同許多教材所提到的「可數名詞前面加上不定冠詞（a/an）；不可數名詞前面不加不定冠詞，而 coffee 和 tea 都是不可數名詞！」如果把這些公式化、記起來，面臨到這些公式無法用在某個狀況時，學生就會感到不知所措。所以，比起把文法知識的定冠詞、不定冠詞用法公式化教學，我想說的是，希望大家能夠把冠詞使用方法與例句／情況一起理解學習，並請銘記老師所說的⋯⋯

CHAPTER

2

到底什麼是可數，
什麼是不可數呢？

INDEFINITE ARTICLES:
COUNTABLE NOUNS
&
NON-COUNTABLE
NOUNS

在使用帶有「一個」意思的不定冠詞（a/an）時，許多學生會犯錯的原因正是因為無法明確地區分可數／不可數名詞。如同前面所述，一位學者 Geoffrey Leech 所提及的，不是基於事物絕對可數或不可數的事實，而是依照說話者心理觀點為基礎，所以要理解英語母語人士看待世界的觀點，比其他都還要來得重要。

舉例來說，表達抽筋意思的單字 cramp，在英式英語中為不可數名詞，但是在美式英語中為可數名詞。所以英國人會說 "I often get cramp in my calf muscles."（我的小腿肌肉常抽筋）；而美國人會說 "I got a cramp in my leg last night."（我的腿昨晚抽筋了），或是使用複數狀態（cramps）。只有這樣嗎？在牙齒痛（toothache）或肚子痛（stomachache）的情況下也是，美國人視為可數名詞使用（例如：I have a toothache.）；而英國人則會視為不可數名詞使用（例如：I have toothache.）。如此一來，對於同樣是英語為母語的英國人與美國人來說，因為觀點差異，所以同樣的單字可以是可數名詞，也可以是不可數名詞。但是！！！！！ Don't be too flabbergasted!!（不要太大吃一驚！）別太驚訝！我只是想要請讀者們重新思考，從以前到現在學習英語文法的方式。只是想要強調，光是背某個單字是可數或不可數名詞是沒有任何意義的！我想要告訴讀者們，在閱讀不同情境接觸到一個單字時，要理解母語說話者看待事物的觀點，同時一起來培養使用文法的直覺！！所以，請務必加油！加油！請大家加油，並從現在開始，在閱讀多樣化的例句時，一起保持與美國人相同的視野高度！與我一起打開英語的眼界，現在開始吧！

首先要記得一個事實，曾經當可數名詞使用，並不會永遠都會當可數名詞使用。別把可數名詞理所當然地放在固定的分類裡！簡單來說，依照上下文的情況，有許多名詞是能夠當不可數名詞或可數名詞！首先，例如我的三歲兒子也會說：「媽媽，請給我一根香蕉。」在我們的語言中，香蕉是可數名詞，現在我們來看一下用英語稱為 banana 的水果。

02_01_1

02_01_2

Harry   Can you tell if **a** banana is ripe? This is **a** perfectly yellow banana, but it doesn't taste right to me.

Jeremy   Let me see. I'm not sure, either. I would just wait a little more. In fact, bananas with a few brown spots on the skin taste better. Moreover, they boost your immune system.

Harry   Are you positive about that?

Jeremy   Yes, I'm positive. I read it somewhere.

Harry   你可以知道香蕉有沒有熟嗎？這是完全黃色的香蕉，但味道有點奇怪。

Jeremy   讓我看看。我也不太確定。我會放一陣子再吃。事實上，香蕉皮上有一些咖啡色斑點的味道嚐起來更好。而且，那種香蕉能強化免疫系統。

Harry   你確定嗎？

Jeremy   對，我確定。我從其他地方讀到的。

我們從教科書中學到的，banana 確實如同上述內容所出現的，做為可數名詞使用。表示「一個」的意思會與 a 一起使用（a banana）；或是，表示複數形態的 bananas 使用。但是！！！在什麼情況之下，香蕉這種水果是不可數呢……到底是在什麼樣的情況下呢？？我們暫時先來想像一下，三歲小孩大口大口地吃著香蕉的畫面，媽媽對這個吃得滿臉都是的小朋友說了以下的話：

💬 Look at you! You have some banana on your face.

你看看你！你臉上沾到一些香蕉了。

在這種情況之下，不管是亞洲媽媽，還是美國媽媽，都無法去計算小朋友臉上沾到的香蕉，事實上也沒有數的必要。也就是在此種情況之下，沒有人會說：「孩子啊，你的臉沾到四分之一的香蕉了。」因此，在此種情況之下，香蕉在情境中當然就成為了不可數名詞！雖然我們沒辦法一一去記住每種情況與例句，但也沒有必要背起來。所以，只要用常識去思考、理解，並培養冠詞使用的直覺就可以了，就算不喜歡我的建議，也請再次牢記下來。

老師！我有問題！！
那麼，**Hair**
能夠用一根、兩根來數嗎，還是不行？
Paper 呢？

請思考一下！別只是直接背起來，來思考一下！！！
很特別的是，來自亞洲、中東、歐洲、非洲等各個其他國家的學生們，他們好像互相約定好似的，問我同樣的問題。首先請先想一下以下狀況，我的朋友在高中時期因為身體髮膚受之父母的緣故，拒絕剪掉如綢緞般的頭髮，我們一起來聽出現頭髮這類的對話內容。現在想像一下，讀者們正優雅地坐在美容院，並與一流的髮型設計師談話。

02_02_1

02_02_2

Customer I'd like to get a haircut, please.

Hair Stylist Do you have anything in mind?

Customer I'm actually growing my hair, so could you just put in some layers?

Hair Stylist Sure! Anything else?

Customer I don't like my blonde hair. I would like to dye it black, but I'm worried because my hair is extremely dry.

Hair Stylist That's not a problem at all. Do you want to try out our new hair remedy product before using dye on your hair?

Customer That sounds like a plan!

顧客	我想要剪髮。
設計師	你有想要剪的髮型嗎？
顧客	我現在其實要留長頭髮，所以你可以打層次就好嗎？
設計師	當然，還有其他要求嗎？
顧客	我不喜歡我的金髮。我想要染成黑色，但我很擔心，因為我的頭髮太乾了。
設計師	那個一點都不是問題。你要不要在上染劑前，先試試看我們新的護髮產品呢？
顧客	這是個好辦法！

如上述對話，一般的頭髮是做為不可數名詞使用，因此是單數。雖然頭髮不是不可能用一根、兩根來計算。但在染髮或剪髮的時候，要剪幾根或染多少頭髮，不管是在哪個國家，在這世界上是不會有人去計算的。所以，如同之前的語言學者 Geoffrey Leech 所說的「實際上可以去數，但心理上（psychologically）不可能去數」的表達方法！所以，我想要說的是，別無～條件去背文法，要試著去理解看看美國人使用英語的心理。

更令人驚訝的是在某些情況下，頭髮其實能夠去數的，或是存在著這有可能實現的心理觀點……我們來想一下，我說的究竟是對或錯？有需要數頭髮的必要嗎？或是可能的情況究竟是什麼？請讀者們閉上眼睛思考一下。

想像一下，頭頂只剩下三根頭髮的禿頭大叔，如果真有此人的話，讀者的想像力會更加真實，請聆聽以下對話……

02_03_1

02_03_2

Samantha Do I look all right? I'm so nervous about my job interview today.

Charlotte Hold on, you have a hair on your blouse… OK, I got it! Wow, you look exquisite!

Samantha 我看起來還可以吧？我今天因為工作面試非常緊張。

Charlotte 等等，你襯衫上有根頭髮……好了，我拿掉了！哇，你看起來非常不錯！

好，感覺如何呢？一根頭髮靜靜地掉在襯衫上，這是連剛斷奶的小孩子也會的算數！除此之外，雖然會感覺到不舒服，但在餐廳裡也會有種種數頭髮的情況發生！

💬 Excuse me, but I found two hairs in my soup!

不好意思，我在我的湯裡頭發現兩根頭髮。

這種情況之下，連服務生或是餐廳老闆都能夠數得出在白色奶油湯裡的兩根頭髮。如果這時候出現頭髮無法數的量的話，那樣的話就不需要考慮可數、不可數名詞，直接使用不可數名詞就可以了。

我相信讀者們已經完全掌握現在的情況。**要記得這項事實，可數與不可數並不是絕對的，而是要根據說話者的心理觀點！！！**那麼，到底應該要怎麼學習呢？一再反覆地練習，最好的方法是培養「直覺」和「語感」，同時試著理解他們的文法，並接觸多樣的例句。Again, Develop Your Intuition!! 那麼，為了要培養直覺，再多選擇一個單字，再來接觸多樣的內容吧。第 2 號打者為 Paper~

02_04_1

02_04_2

Jane	Excuse me, may I get something to write on?
Librarian	Sure, here's a piece of paper.
Jane	Thanks.
Librarian	No problem!

Jane	不好意思，我能夠拿什麼東西來寫嗎？
圖書館館員	當然，這是裡有張紙。
Jane	謝謝。
圖書館館員	不客氣！

02_05_1

02_05_2

Jimmy	The printer is out of paper. Where can I get some paper?
Paul	I have a piece of **letter size**[1] paper. Do you need more?

Jimmy That's perfect! I just need to print out a document. Many thanks!

---

1. **Letter size:** 比美國最常使用的影印紙 A4 尺寸還要來的小。

Jimmy 影印機沒紙了。我可以從哪裡拿一些紙呢？
Paul 我有一張書信用紙，你需要多一點嗎？
Jimmy 太好了！我只需要印一份文件。非常感謝！

02_06_1

02_06_2

CASE 2

Amanda You're going to Maria's party, aren't you?

Laurel I'd love to, but I have **a** paper to turn in on Thursday. You know how strict Dr. Flemming is about his deadlines.

Amanda 你也會去 Maria 的派對，對嗎？
Laurel 我想去，但我有一份報告要在星期四交。你也知道 Flemming 教授對截止日期有多嚴格。

02_07_1

02_07_2

CASE 3

Molly You look exhausted! Do you need a hand?

Ah-young I'm applying for US citizenship, and there are too many required papers! Can you please look through all these papers for me?

Molly Yes, I will. Why don't you get some rest?

Molly 你看起來很累！你需要幫忙嗎？
Ah-young 我正在申請美國公民身分，有太多份需要的資料！你可以幫我看一下這些全部的資料嗎？
Molly 好啊，可以。你要不要休息一下？

A SLICE OF CHEESE

| Ah-young | Thank you so much! |
| Molly | Sure! That's what friends are for! |

| Ah-young | 非常感謝！ |
| Molly | 不客氣！這就是朋友不是嗎！ |

要理解每個句子裡的 paper 做為何種意思使用是很重要的。因為在（Case 1）中，paper 是使用字面上「紙」的意思，所以是物質名詞，也是不可數名詞。有一次，在我的中級文法課堂上，有幾位來自阿拉伯的學生對於紙是不可數的事實強烈反駁（？）。那時候，我從講台上拿了一張很大張的紙，要求他們數一下這張紙，我的得意門生阿朴杜勒與穆罕默德很有自信地說 'It's a paper!'（這是一張紙！）所以，我就在位置上當場撕紙，兩張、三張、四張下去後，再次問同樣問題。於是，穆罕默德說 'It's a torn paper!'（這是一張撕碎的紙！）如果我們正在學阿拉伯語，是有必要留意他們的話，但很可惜地，因為我們是在學習美國人使用的英語，所以我們更應該要留意美國人的觀點，而不是這些想法。紙這種物質，不像是書桌、人，或是動物，能夠一個、兩個以個體化來計算。如果一大張紙整齊撕的話，是能夠撕成 8 張的 A4 用紙。1 piece 一轉眼變成 8 pieces，這種模稜兩可的狀況，美國人是不會把紙看成可數名詞。也就是說，在英美文化圈中，這種物質的情況是不能夠看成一個、二個、三個的。像這類的物質名詞有：wood、butter、bread、cheese、gold、silver、glass、ice 等。當然，因為這些是不可數，所以如同 a wood、a butter... 是不跟不定冠詞一起使用，那如果有需要數的情況的話，會接受以下可數單位名詞的幫忙。

- a short piece of wood　一塊短木頭
- a stick of butter　一條奶油
- a piece of bread　一塊麵包
- a slice of cheese　一片起司
- an ounce of gold/silver　一盎司的金／銀
- a sliver of glass　一片玻璃 *「sliver」是指非常細小的碎片
- a cube of ice　一塊冰

相反地，在（Case 2）和（Case 3）中，paper 不被當作「紙」的意思使用，而是個別表示「要提交的報告」與「文件」的意義。當然！是當作可數名詞使用。所以，應該要用與（Case 1）非～常不同的情境來看。但是，應該還是有搞混的讀者對吧？我在英語教學多年的期間領悟到一個事實，就是亞洲學生在搞混的情況下，有絕對會直接死背的傾向。期望讀者們與我一起學習英語文法的同時，把這習慣毫不保留地給迎面而來的小狗吧……那麼，這句話是什麼意思呢？請記得以下兩點即可！

第一！
讓我們再次記住，如同你現在看到的名詞或是事物，可數、不可數都不是絕對的……
第二！
讓我們深入理解文法與情境一起學習的「Grammar-in-Context」（根據情境使用的文法）的概念。

那麼，為了要測驗你是否熟悉以上兩點，我們來看一下有 test 意味的對話。這次，我們要來聽哪些對話呢？璃、璃、璃字結尾的單字「玻璃」～

02_08_1

02_08_2

CASE 1

Madam	Oh my God! Look at this ice sculpture! Beau~tiful! It has such a wonderful sense of motion. Oh, I can feel the texture of the ice!
Sculptor	Well, thank you, ma'am, but it's not an ice sculpture. It's actually made of glass.

女士	我的天啊！看看這些冰雕！超～美！有著完美的運動感。喔，我能夠感受冰塊的質地。
雕刻家	謝謝，女士。但這不是冰雕，這是用玻璃製成的。

02_09_1

02_09_2

CASE 2

Jenny	Gosh, I think I just stepped on a piece of glass.
Elizabeth	Let me take a look at it. Oh, yeah. I see a small sliver of glass in the bottom of your foot. Hold on, I got it. I just removed it.
Jenny	Thanks a bunch! I feel much better now!
Elizabeth	Good! But just in case, why don't you see a doctor?

Jenny	天啊，我剛剛好像踩到一塊玻璃了。
Elizabeth	讓我看看。喔，對。我看到一小塊玻璃在你的腳底。等等，好了。我剛剛把它拿掉了。
Jenny	真的很感謝！我現在感覺好多了！
Elizabeth	太好了！但以防萬一，你要不要去看個醫生？

02_10_1

CASE 3

Adam	Doctor, is red wine really good for your health?
Doctor	Well, it really depends on how much you drink.

37

02_10_2

Adam	Can you please elaborate? Then, how much wine is good for your health?
Doctor	According to the research, drinking one to two glasses of red wine per day keeps the heart young. However, if you drink more than two glasses a day, it will be harmful.

Adam	醫生，紅酒真的對健康很好嗎？
醫生	嗯，這真的要看你喝多少。
Adam	可以請你說得更詳細一點嗎？那麼，多少份量的紅酒才對身體健康呢？
醫生	根據研究，每天喝一到兩杯紅酒是能夠保持心臟年輕。但是，如果你一天喝超過兩杯的話，就會有傷害。

02_11_1

02_11_2

CASE 4

Amy	I'm so sick of wearing these **coke-bottle glasses**[1]!
Jessi	What's wrong with them?
Amy	I seem to look so nerdy with my glasses on. I really need a new pair of glasses.
Jessi	Actually, I was gonna buy sunglasses today. Why don't we go to the optician's together?
Amy	Certainly!

1. Coke-bottle glasses：厚眼鏡

Amy	我很厭煩一直戴這副厚眼鏡。
Jessi	眼鏡怎麼了？
Amy	我戴這副眼鏡讓我看起來像書呆子。我真的很需要一副新的眼鏡。
Jessi	其實，我今天要去買太陽眼鏡。要不我們一起去眼鏡行吧？
Amy	當然好啊！

在（Case 1）和（Case 2）中，glass 為「玻璃」的物質名詞，所以做為不可數名詞。也就是說，用在雕刻材料的玻璃和卡在腳底上的玻璃，正常來說都是無法一個、兩個、三個計算。相反地，在（Case 3）中的 glass 為「用玻璃做的紅酒杯」，所以當然是能夠一杯、兩杯、三杯計算的個體，因此做為可數名詞。在最後的（Case 4）中，使用 glass 的複數形態 glasses，這裡是指「眼鏡」的意思。在這情況之中，因為「glasses」的語言型態已經是複數形，所以與有「一個的」意思的冠詞「a」一起使用變成「a glasses」的話，會違反「a」常常與單數形名詞一起使用的英語最基礎文法！同時也會形成很奇怪的形態。所以，如果眼鏡有要數一個、兩個、三個情況的話，「a pair of glasses」或是「two pairs of glasses」才是正確用法。

最後，除了物質名詞以外，有許多學生會搞混要用可數名詞或是不可數名詞，因此使用冠詞和常用的動詞（單複數名詞使得動詞轉變）就很容易會用錯，在下一章會再介紹。

VOCABULARY vs. WORD

02_12_1

02_12_2

Teacher You make progress in writing day after day, and I'm so impressed! However, your vocabulary seems relatively limited. From now on, try to use more advanced vocabulary.

Student I don't know how to improve my vocabulary. All I do is memorize a word a day. Should I do two words a day?

Teacher Merely memorizing the definition of the word is not a good way of improving vocabulary. Try to understand how to use it.

老師 你的寫作一天比一天進步，真的讓我印象深刻！但是，你的字彙相對有限。從現在開始，請嘗試用一些進階的字彙。

學生 我不知道要怎麼讓我的字彙進步。我能做的只是每天背一個單字。我應該要一天背兩個單字嗎？

老師 如果只是背單字的字義，是沒辦法增進字彙量的。請試著理解如何使用它。

　　「word」是字彙或單字的意思，能夠以一個單字、兩個單字來計算，所以能很輕易地轉換單數形和複數形，也讓讀者能夠輕易理解。但是，問題是第一眼看，「vocabulary」與「word」似乎是字義相似的單字，卻有不同用法的時候。

那麼，這到底是當作什麼樣的物～品使用呢？首先在上述對話中，因為「vocabulary」是做為「字彙能力」的意思，所以可以知道是與具體代表各個單字的「word」不同的抽象名詞。因為「字彙能力」在中文中也不是能夠一個、兩個、三個計算的，所以讀者們也能夠同意這是不可數名詞的事實。因此以上對話中所看到的「vocabulary」做為「字彙能力」使用是不可數名詞，可以看做是單數使用。只是！！！！！！！！！！！「vocabulary」不是用做「字彙能力」的意思，而是以「字彙」在例句中使用時，因為是做為集合名詞使用，所以會出現如下列例句的不定冠詞，與 a 一起使用。

• She has **a** very wide vocabulary in Russian.
她知道許多俄語的字彙。

• English has **a** large vocabulary.
英語有相當多的字彙。

所以，不論那位女士知道多少俄語的單字（many Russian words），以及英語有多少的單字（a large number of words），vocabulary 是一個包含全部單字的集合名詞！所以是 **a** vocabulary！！針對集合名詞的使用，我會在 Chapter 5 中毫無保留地介紹，我們先繼續讀下去吧！

SURGERY vs. OPERATION

02_13_1

02_13_2

CASE 1

Lisa My grandma got colon cancer, and she's having surgery this Saturday.

Gina Oh, no! Surgery freaks me out! I've never gotten any surgery in my life.

Lisa What are you talking about? You got plastic surgery last month!

Lisa 我奶奶得了大腸癌，她這星期六要動手術。
Gina 喔不！手術很可怕！我這一生從沒動過手術。
Lisa 你到底在說什麼啊？你上個月不是才動過整形手術嗎！

02_14_1

02_14_2

CASE 2

Nina My little girl is such a tomboy! She hurt herself two weeks ago, and the doctor had to perform an operation on her left arm.

Katie That's too bad! So, is she feeling better now?

Nina Yes, she is OK now, but unfortunately, this wasn't the first time.

Katie What? Then, how many operations has she had so far?

Nina Three!

Nina	我的女兒非常調皮！她在兩個禮拜前把自己弄傷，醫生必須要在她的左手臂動手術。
Katie	真糟糕！那她現在好多了嗎？
Nina	對，現在她沒事了，但很不幸地，這也不是第一次了。
Katie	什麼？那她到現在動了幾次手術呢？
Nina	三次！

在（Case 1）和（Case 2）的兩個對話中，雖然你有發現，中文都是用「手術」表達，但用英語卻可以分成「surgery」和「operation」來表達，而且是可數與不可數名詞。用我們的母語來說，會容易搞混，然而在這種很難理解的情況，讓我借助於英語字典的幫助來說明給讀者們聽。「surgery」在能夠提供世界上全部知識的 Naver 英語字典中的定義如下：

"Surgery is <u>medical treatment</u> in which someone's body is cut open so that a doctor can repair, remove, or replace a diseased or damaged part."

所以，可以把 surgery 的意思理解為，對身體動刀的醫療手術的統稱。總之，這個單字一點都不具體，而且似乎意味著所有手術的「概念」。在這種情況下，美國人認為這是不可數名詞。那麼 operation 又是如何呢？這次來透過進口牛肉，喔不，我們來接受 Heinle & Heinle 出版的英英字典《The Newbury House Dictionary of American English》的幫助吧。在這本字典裡主張 operation 是可數名詞（Countable Noun），將其定義為「a surgical procedure」。也就是，「operation」是「surgery」治療形態的其中一種程序，因此行為變得更加具體化。如此一來，這個單字出現具體行為的情況下，美國人認為是可數名詞。把具體行為當作可數名詞的例句有「I got a haircut.」（我剪了頭髮）與「I had a date with Mr. Robin yesterday.」（我昨天跟羅賓約會）等。

MINOR ILLNESSES vs. SERIOUS DISEASE

02_15_1

02_15_2

CASE 1

Patient I've got **a** cold. What sort of medicine should I take?

Pharmacist What are the symptoms?

Patient I cough a lot, and I've got **a** runny nose. Oh, I also have **a** sore throat.

Pharmacist Do you have **a** headache as well?

Patient No, ma'am.

Pharmacist Are you allergic to any type of drugs or medications?

Patient No, but strong medicine sometimes gives me **a** stomachache.

病人	我感冒了。應該要吃哪種藥呢？
藥劑師	你有什麼症狀呢？
病人	我咳嗽很嚴重，還有流鼻水。啊，還有喉嚨痛。
藥劑師	有頭痛嗎？
病人	沒有，女士。
藥劑師	你有特別對什麼藥物過敏嗎？
病人	沒有，但藥效很強的藥有時候會讓我胃痛。

02_16_1

02_16_2

CASE 2

Anastasia So, are you ready for the family trip this weekend?

Becky Well, actually, I'm not sure if my son can still take a flight; he's got chickenpox.

Anastasia I understand measles is highly contagious, but is chickenpox a contagious disease as well?

Becky I believe so. I'm considering canceling the trip because of that. Geeze, it seems like we have no luck with a family trip. We had to call one off last summer because my aunt-in-law was diagnosed with breast cancer that time.

Anastasia	所以，你準備好這週末的家族旅遊了嗎？
Becky	嗯，其實，我兒子能不能搭飛機還是個問題；因為他長了水痘。
Anastasia	我知道麻疹很容易傳染，但水痘也是會傳染的疾病嗎？
Becky	我想是的。因為那樣，所以我在考慮是否要取消這次的旅行。哎呀，我們可能沒有去家族旅行的運氣。去年夏天也是，我先生的阿姨被診斷出乳癌，所以就取消旅行了。

如同（Case 1）所看到的，像是 a cold（感冒）、a runny nose（流鼻水）、a sore throat（咽喉炎）、a headache（頭痛）、a stomachache（胃痛）▶等，全部簡單的症狀都是很輕微的病痛，都是與不定冠詞 a 一起使用的名詞。相反地，在（Case 2）中，chickenpox（水痘）、measles（麻疹）、breast cancer（乳癌）等，與（Case 1）比較起來相對是較嚴重的「疾病」，這類名詞皆是不與冠詞使用的不可數名詞。這真的是會讓人搞混的部分。我和讀者一樣也有很深的認同感。最後，我不是美國人，而是母語為韓語的韓國人！不管怎樣，為了容易搞混的讀者們，我會用任何方法說明，為了不讓你搞混而略過長期治療的部分。相對長期治療的疾病，頭痛（headache）、感冒（cold）、流鼻水（runny nose）等是短期能夠治療的症狀，因為是短期治療，所以是可數，因此是可數名詞！相反地，水痘（chickenpox）、麻疹（measles）、乳癌（breast cancer）、大腸癌（colon cancer）等疾病，相對地疼痛較久，因為是花許多時間治療的疾病，所以無法數，因此是不可數名詞！

▶ 在這章開頭的地方，有提及到像是英式英語中 toothache、stomachache、backache 等為不可數名詞。但是，我在教英語的同時也住在美國佛羅里達州，這裡是橘子的產地！因此，很難再包含英式英語的文法，所以這本書的全部文法內容會以美國英語及美式文法為基礎。

02_17_1

02_17_2

CASE 1

George Geez, they **jacked up**[1] the gas price again. It's a **rip-off**[2]! The worst part of it is I don't know how to manage my business at this point. Do you have some advice for me?

Douglass Just **hang in there**[3]! I'm pretty certain the government will take action sometime very soon. Besides, nowadays things change day by day.

1. jack up: 漲價
2. rip-off: 搶劫；敲竹槓
3. hang in there: 忍住，撐住

George 我的天啊，油又漲價了。這根本是敲竹槓！最壞的是，我不知道現在要怎麼做生意。你能夠給我一些忠告嗎？

Douglass 先撐著！我很確信政府最近很快會有對策。而且，現今事情每天都在變化。

02_18_1

02_18_2

CASE 2

Maria The very first presentation in my master's program is tomorrow. I **tossed and turned**[1] over this last night. Can you give me some tips on how to give a presentation? The more, the better!

46

Laura   Have you read the article, "Tips for successful presentations" which is on the bookshelf right there? It's all about giving successful presentations.

1. toss and turn: 輾轉難眠

Maria   明天是我的碩士學程第一次發表。昨晚我因為這件事情輾轉難眠。你能夠針對如何發表給我一些建議嗎？給越多建議越好！

Laura   你讀過那篇「針對成功發表的建言」的文章嗎？它放在書架上。裡面都是關於成功發表的內容。

在（Case 1）和（Case 2）的兩個對話中，你可能有發現，雖然從翻譯來看，同樣是「忠告」或是「建議」，英語可解讀為「advice」或是「tip」，一個是不可數名詞，另一個是可數名詞。為什麼？怎麼會這樣？Why??? 這次就來接受管理我個人信箱的 Daum.net 英語字典的幫助吧。

💬 **Advice**

all words for an opinion or suggestion about what somebody should do in a particular situation

💬 **Tip**

a small piece of practical advice

啊哈～所以，Advice 在所有情況中，是針對應該如何提出意見或是建議的概括單字，比起具體的單字來說，被看作是一般的抽象概念，因此當然是不可數名詞！相反地，Tip 是較小單位的同時，也是較實用且具體的一個建議。在這種情況下，當然是可數名詞！

當作參考，「Feedback」是我給的其中一種 Advice，所以和 Advice 同樣是不可數名詞。

💬 You will receive constant feedback during each class.
你會在每次上課時不斷得到反饋。

藉由這次機會，我們一起來了解一項事實，information、knowledge、news 等同類的單字，與 advice 同樣是不可數名詞！就如同資訊、知識、新聞等單字為整體的概念，是無法一個、兩個、三個計算的抽象名詞！我們來體會一下這些單字在具體對話中所使用的語感吧。

02_19_1

02_19_2

Felicia There's good news and bad news. The good news is I got some football tickets for free, which means we can watch the football game ▸ between FSU and UF.

Sylvie Wow, I'm so thrilled! And the bad news is...?

Felicia Because of the hurricane, we don't know when the game is going to be. As you might already know, this time of the year is hurricane season in Florida.

Sylvie Since I'm new here, what should I do if a hurricane comes? Do I need to evacuate[1]? Where can I get more information about all this?

Felicia I'm not sure if you need to evacuate at this time because it all depends on how intense the hurricane is. In any case, you can obtain all the information on the weather channel. And even if you're watching something else, the breaking news[2] will be delivered in case of emergency.

Sylvie	By the way, where does a hurricane form? Why does Florida have so many hurricanes this time of the year?
Felicia	Ask Dr. Lim. He's a **meteorologist**[3] who has enough knowledge to write a book about hurricanes.

1. evacuate: 撤離;疏散
2. breaking news: 新聞快報
3. meteorologist: 氣象學者

Felicia	有好消息和壞消息。好消息是我免費得到幾張橄欖球賽的票,我們可以看佛羅里達州立大學(Florida State University)與佛羅里達大學(University of Florida)的比賽。
Sylvie	哇,真開心!那壞消息呢……?
Felicia	因為颶風的關係,所以不知道比賽什麼時候舉行。你可能已經知道了,每年的這時候是佛羅里達的颶風季。
Sylvie	因為我剛搬過來沒多久,所以颶風來了應該要怎麼辦呢?要避難嗎?可以從哪裡得到相關資訊呢?
Felicia	我不知道這次你是否需要避難,因為這要看颶風的強度。不管如何,這些訊息是可以從氣象頻道得知。即使你在看別的頻道,在緊急狀態時也會用新聞快報傳送。
Sylvie	順帶一提,颶風是在哪裡形成的呢?為什麼佛羅里達每年的這時候會有這麼多颶風呢?
Felicia	你可以問看看林博士。他是知識充分到能夠寫關於颶風書籍的氣象學者。

▶ 在美式英語中,像是橄欖球、足球、棒球等,分成兩隊的比賽稱之為「game」;像是網球、拳擊等兩個人的比賽稱之為「match」。相反地,在英式英語中,不管是個人比賽,或是分組比賽,全部種類的運動比賽都使用「match」這個單字。

CHAPTER

3

到底是進去監獄，
還是去監獄會面呢？
（與可數不可數無關的
無冠詞使用表達）

ZERO ARTICLE

如果要我把〈Chapter 2〉用一句話來總結的話，就是句子中使用可數名詞時，無條件要與 a/an 或 the 等冠詞一起使用。雖然不是只有一兩個表達方式能把這看似美好的公式打破，但我們來看代表的幾個例子吧。

❶ go to bed
❷ go to school
❸ go to prison
❹ go to church

不是，這又是神開的玩笑嗎！！如果說床不是家具的話，那能讓人會心一笑的 ACE 床墊、還有不管是誰在旁邊打保齡球或有貓在玩耍，都能夠讓人睡得好的席夢思床墊，以及用化學製成的黃土床墊，全部都是能夠用一個、兩個計算的可數個體，為什麼不能說 a/an，連 the 也沒一起使用的「go to bed」表達，在美國是慣用用法嗎？那學校又是怎麼回事呢？如 'There are three elementary schools in this town.'（在這城鎮裡有三間小學）這句話的學校不也是可數嘛。監獄又是怎樣呢？教會呢？？

來，來，現在請冷靜一點……如果要我用一句話來簡單總結這種混亂情況的話，就是以上表達中的名詞 bed、school、prison、church 不是做為家具或建築物的意思使用，所以在例句中不看成是可數名詞。在這類的句子中，這些名詞是當作概念性的意思使用，也就是需要當成像是 love（愛）、friendship（友情）、trust（信賴）、loyalty（忠誠）、curiosity（好奇心）等抽象名詞的使用方法。為了要幫助讀者正確理解，所以我們來一一破解以上的使用方法吧。

如果「go to bed」用我們的母語來說的話，不是指「走去床那邊」，而是解讀為「去躺在床上」。因此，可以理解這裡的「bed」是將 ACE 床墊、席夢思床墊，或是黃土床墊視為「睡覺的地方」的概念用法，而不是事物的意思。所以，對於使用床墊腰會不舒服的長輩來說，在不用床墊直接蓋被子躺在房間地板上，也沒有例外，能夠用「go to bed」來表達。我們來看下列的具體對話……

03_01_1

03_01_2

Maria　What time do you usually go to bed?

Laurel　I used to go to bed around 11 pm, but since I have early morning classes this semester, I try to go to bed earlier these days.

Maria　你通常都幾點睡呢？

Laurel　我通常都 11 點睡，但我在這學期有早上的課，所以現在試著早點睡。

▶ 如你所看到的，在以上對話的 bed 不是指床墊這個物體，而是指「睡覺的地方」的意思。

2

如果我用我們的母語來翻譯「go to school」的話，比起直譯成「去學校」，翻譯成「去上學」會比較好。因為很明顯地，媽媽「去學校」見老師（go to the school）和孩子「去上學」（go to school）是必須要做區分的兩種概念。也就是，這裡說的 go to school 不是指前往學校場所的動作，而是可以理解為「身為學生去上學的狀態」之意。

相同的例句表達有：
go to preschool（去上托兒所）、go to kindergarten（去上幼兒園）、go to high school（去上高中）、go to college（去上大學）、go to graduate school（去上研究所）等等。

另外，在「去上大學」的情況下，比起說「go to university」，主要會使用「go to college」。我們來聽一下具體用法的對話吧……

03_02_1

03_02_2

Amy	So, Tracy! What's your plan after graduation?
Tracy	Well, I applied for a couple of jobs, but if I don't get any of them, I'll just go to graduate school.
Amy	Tracy, I don't think you should go to graduate school like that! Graduate courses are usually challenging. It's really hard to do well without motivation.

Amy	所以說，Tracy！你大學畢業之後的計畫是什麼呢？
Tracy	嗯，我申請了幾個工作，但如果這幾個都沒有上的話，我就會去讀研究所。
Amy	Tracy，我不認為你應該要因為這樣去讀研究所。通常研究所的課程很辛苦。如果沒有動機的話，就很難做得好。

▶ 在對話中，graduate school（研究所）不是以特定研究所的意思出現，而是指「去讀研究所」的概念，所以無冠詞是正確的。

3

在「go to prison」的情況下，去做義工或是宗教要去傳道而與監獄裡的受刑人會面的話，絕對無法用這種表達方式。「go to prison」是指「被關在監獄裡」的意思，所以絕對不會是要「面會」，或是「拜訪監獄」的意思。因為在這用法中，「prison」不是指帶有場所意思的「監獄」，而是做為「被監禁」的概念使用。再重新整理一次，在使用「go to prison」的時候，不是指去像是佛羅里達州監獄或加州監獄等具體監獄場所的行為，而是指不論在哪個場所「被監禁」，或是指「吃牢飯」的事實本身。所以 be in prison（被關）、be sent to prison（被送進監獄）、be put in prison（被關進監獄）等用法也都是沒有例外地沒有使用冠詞。

在所有表達中，prison 能與相同意思的 jail 替換使用：

- Scofield went to jail.
- Scofield is in jail.
- Scofield was sent to jail.
- Scofield was put in jail.

→表示為 Scofield（科斯菲爾德）被監禁的意思，所以全都沒有冠詞！

「go to church」是信徒去教會參加禮拜所說的話。在不管是要去教會跟牧師借錢、記者去教會採訪信徒，或是去每年佛羅里達韓國教會舉辦的泡菜義賣會買蘿蔔泡菜，在這些情況之下皆不使用冠詞。理由是，在這裡也是與「go to school」、「go to prison」一樣，因為不是指「去教會這個場所的行動」，而是當成「**去做禮拜的行為**」的概念使用。當然，不只是基督教，其他宗教也是能用同樣的冠詞用法。天主教徒「go to (Catholic) church」、伊斯蘭信徒「go to mosque」、佛教信徒「go to temple」、猶太教「go to synagogue」……全都沒有冠詞！

03_03_1

03_03_2

Jen	Are you Christian?
David	No, I'm actually Buddhist. How about you?
Jen	I'm Christian. I go to church. What about Paul?
David	He's a Christian as well. He goes to Catholic church, though.

Jen	你是基督徒嗎？
David	不是，其實我是佛教徒。那你呢？
Jen	我是基督徒。我去教會。Paul 信什麼教呢？
David	他也是基督徒，但他去天主堂。

▶ 在對話中，不管是教堂（church）或是天主堂（Catholic church）等建築，比起說去某個建築或場所，這些對話代表的是「基督徒去教會的狀態」或是「天主教徒去天主堂的狀態」。

HOWEVER!!!!!!!!!!!!!

以上使用的全部名詞，全都是指具體的物體或建築／場所，當然在句子中是能夠做為可數名詞使用並再次連接 a/an/the。什麼（What）！！！這麼驚訝嗎？你還不能理解在英語中，冠詞的使用是依照句子不斷地變身合體的變形金剛這個事實嗎？還無法理解的讀者也別灰心！要精通英語文法的其中一個方法是，透過例句增加語感，或是還有另一條路是，讀者與我現在一起毫無猶豫地走沒走過的路！這也是羅伯特・佛洛斯特沒走過的路▶！

▶羅伯特・佛洛斯特是美國著名詩人，他最有名的著作為《The Road Not Taken》，又譯作《未行之路》。

go to bed vs. go to the bed

03_04_1

03_04_2

CASE 1

Michelle   I'm **taking off**[1]!

Janis   Hey, it's just 9 pm. Why don't you have just one more cocktail?

Michelle   I'd love to, but I should get going now. I have an early morning yoga class tomorrow and need to go to bed soon.

Janis   Well, then, good night! Thank you for coming.

Michelle   Thank you for inviting me. Oh, where did you put my bag?

Janis   Oh, your bag is on Amy's bed. Do you know where Amy's room is?

Michelle   Is it the one on the right upstairs?

Janis   Yes, it is. I put all the guests' bags on **the** bed in her room.

Michelle   Thanks!

---

1. take off: 離開某場所

Michelle   我要走了！

Janis   嘿，現在才晚上 9 點，為什麼你不再喝一杯雞尾酒呢？

Michelle   我也想，但我現在該走了。因為明天早上很早有瑜珈課，所以我必須要早點睡覺。

Janis   那就沒辦法了。晚安！感謝你來。

Michelle   謝謝你邀請我來。喔，你把我的包包放哪了？

Janis   你的包包在 Amy 的床上。你知道 Amy 的房間在哪嗎？

Michelle	是樓上右邊的房間對吧？
Janis	嗯，是那間沒錯。我把客人的包包全都放在她房間的床上。
Michelle	謝謝！

03_05_1

03_05_2

CASE 2

Customer	Excuse me, I'm looking for a sleep number mattress. Do you carry them?
Clerk	Of course! Do you see that blue balloon in the back of the store?
Customer	Yeah.
Clerk	Go to **the** bed just beside the balloon. That's our sleep number bed.

客人	不好意思，我在找 sleep number 的床墊。這裡有賣嗎？
店員	當然有！你有看到店的後面有個藍色氣球嗎？
客人	有。
店員	直接往氣球旁邊的床墊走。那就是我們 sleep number 的床。

▶ 在（Case 1）的對話中，因為 Michelle 在早上很早有瑜珈課，所以必須要早點睡。「早點睡」的慣用表達為「go to bed soon」。Janis 的情況與她不同，因為她說「把所有客人的包包全都放在 Amy 房間的那張床上」，所以在這情況之下，「床（bed）」做為具體事物，所以「the bed」是對的。在（Case 2）的對話中，店員所説的最後兩句，不是「睡覺」的用法，而是指去看「藍色氣球旁邊的那張床墊」，因此這情況也是一樣，不是指睡覺的概念，而是做為具體事物使用，所以「Go to the bed」是對的。

go to bed

go to bed

go to bed

go to bed

go to bed

go to bed

go to school vs. go to the school

03_06_1

03_06_2

Kim	Cynthia, long time no see!
Cynthia	Hey, Kim! How's it going with you?
Kim	Great! How's your daughter doing? Her name's Samantha, right?
Cynthia	Yes, she turns six in February, and she'll go to school soon.
Kim	Wow, Samantha's already going to school? Time flies!
Cynthia	Yes, it really does. By the way, are you on your way somewhere?
Kim	Oh, my little boy, Jack, goes to Apalachee school, and I'm going to the school to meet his teacher.

Kim	Cynthia，好久不見！
Cynthia	Kim！最近過得如何？
Kim	不錯啊！你女兒怎麼樣了？她的名字是 Samantha，對嗎？
Cynthia	對，她二月就要滿六歲了，然後很快就會去上學。
Kim	哇，Samantha 已經要上學了？時間過好快！
Cynthia	對啊，真的很快。順便一提，你是要去哪裡的路上嗎？
Kim	喔，我小兒子 Jack 是上 Apalachee 學校，我現在要去那間學校和他的老師碰面。

▶ 在前面 Cynthia 與 Kim 的對話中的兩種表達方法，是小孩到了去學校的年紀而要去「上學」的概念意義，此慣用表達「go to school」是無冠詞的用法。最後在 Kim 的對話中，並不是表示 Kim 要去學校上課，而是為了要去見小孩的老師而去學校，因為 School 包含了具體場所的意思，所以是 go to the school。

go to prison vs. go to the prison

03_07_1

03_07_2

Jamie　You know what? Jason was falsely accused of counterfeiting money, and he went to prison.

Lorie　What? That's preposterous! None of us has ever doubted his honesty! I don't think he's a person who could commit such a crime. Is there any way we can help him?

Jamie　I've already hired a lawyer who's known for defending federal felons. I'm planning to go to the prison to meet Jason with the lawyer.

Lorie　I hope she's not too expensive.

Jamie　你知道嗎？Jason 背了偽造紙幣的黑鍋而進了監獄。

Lorie　什麼？太荒謬了！我們沒有人會去質疑 Jason 的誠實！我覺得他不是會犯這種罪的人。我們沒有方法可以幫他嗎？

Jamie　我已經雇用了以替聯邦重罪犯辯護而著名的律師了。我預計會和律師一起去監獄看 Jason。

Lorie　希望這個律師不會太貴。

▶ 在第一句中，Jason 背黑鍋進了監獄，所以「went to prison」是指入監服刑，而不是指去監獄這個物理性的場所。在最後的句子中，不是指進監獄坐牢，而是與律師一起去探望監禁中的朋友，因為是指去那間監獄，prison 監獄為物理性的場所，所以「go to the prison」是正確的。

go to church vs. go to the church

03_08_1

03_08_2

Felicia Are you a Christian? Do you go to church?

Hyun-jung Yes, I do. Why?

Felicia I was wondering if you go to the Korean Baptist church in town.

Hyun-jung Oh, yes. I go to that church. Do you wanna go there with me?

Felicia Actually, I go to Catholic church. I just heard that your church is having a Kimchi bazaar to raise funds for charity. So I'm going to go to **the** church this Friday in order to buy some Kimchi. You know, I'm addicted to Kimchi.

Felicia 你是基督徒嗎？你會去教會嗎？

玄真 對，我有去。怎麼了？

Felicia 我在想，妳是不是有去我們市區的韓國浸禮教會。

玄真 喔，有啊！我有去那間教會。你想要跟我一起去嗎？

Felicia 其實我是去天主堂。我只是聽說你的教會有舉辦泡菜義賣慈善募款。所以，我打算這星期五去那間教會買泡菜。你也知道我對泡菜上癮。

▶ 在第一個句子中，Felicia 說的「go to church」是問「你是基督徒嗎？」或是「你去教會嗎？」。因為這應該被視為概念上的意思，而非物理上的場所，所以沒有冠詞。在最後的句子裡，並不是指宗教性的 church，而是舉辦泡菜義賣的物理性場所，所以「go to the church」是對的。

CHAPTER

4

那麼，
不可數的抽象名詞
是無條件無冠詞嗎？

ABSTRACT
NOUNS

Life（生命）、Love（愛）、Friendship（友情）、Happiness（幸福）、Trust（信賴）、Loyalty（忠誠）、Curiosity（好奇心）、Development（發展）、Virginity（純潔）、Power（力量）、Authority（權威）、Luck（幸運）等單字，在我們學習的同時，會很容易去同意這些單字都是無法一個、兩個計算的事實，那麼在抽象名詞的情況下，冠詞的用法又是如何呢？眼睛看不到、無法計算，而且也很難具體描述的抽象名詞情況是無條件無冠詞嗎？當然，大部分的情況是。Yes, they are!! But!!!!!!!!!!!! 我在學習英語冠詞的時候，強烈建議排除「無條件」的這個詞。我有說過冠詞的使用，是依照句子不斷地變身、合體的變形金剛，我相信你們應該沒有忘記。那麼，每個人在表達愛意時，喜歡使用的代表性抽象名詞「love」與我們的冠詞機器人是如何變身合體的，讓我們透過下個章節的例句來觀察吧。

04_01_1

04_01_2

CASE 1

Peggy　Guess what? My brother fell in love with a girl, and he's a happier man now. Isn't that awesome? As Michael Bolton sings, "Love is a wonderful thing!"

Gina　Interesting! Do you believe in love?

Peggy　Of course, I do. Don't you?

Gina　No, I don't. There's no such thing in the world.

Peggy　Are you serious? I believe in the power of love.

Peggy　你知道嗎？我哥哥愛上一個女孩，而且他現在變成一個很幸福的人。這樣很棒對吧？跟 Michael Bolton 唱得一樣，「愛是很美好的東西！」

Gina　真有趣！你相信愛（愛的存在）嗎？

Peggy　當然，我相信！你不相信嗎？

Gina　我不相信。世界上沒有這東西。

Peggy　你真的那樣想嗎？我相信愛的力量。

Q 以上對話中的 Love 完～全沒有連接冠詞的理由是什麼？

A 句子中的 Love 是當作最一般意思的「愛」使用。在這個句子中，愛當然不是能夠一個、兩個計算的個體，所以沒有必要連接 a/an，因為這也不像「羅密歐與茱麗葉的愛」或「媽媽的愛」等特定的愛，所以當然也不需要添加 the。這是我們能夠輕易接觸到最一般的抽象名詞與冠詞連接的「無冠詞」狀態。

04_02_1

04_02_2

CASE 2

Annie　Peter is such a penny pincher! Everyone knows that he **has deep pockets**►, but I've never seen him donate anything to charity for the less fortunate. Is he a cold-blooded person or what?

John　As a matter of fact, his mother is trying everything to change him. On top of that, she prays for him every single day at church.

Annie　Hmm... Let's see if the love of his mother can change him.

John　If not, we could depend only on the love of God, I suppose.

Annie　Peter 真的是個吝嗇鬼！每個人都知道他是有錢人，但我從來沒有看過他捐贈任何東西給幫助貧窮人的慈善團體。他這樣不是很冷血嗎？

John　事實上，他媽媽正嘗試用任何方法去改變他。此外，她媽媽每天都去教會為了他祈禱。

Annie　嗯……我們來看他媽媽的愛是否能改變他。

John　如果無法的話，我想我們現在只能依賴神的愛了。

► 「have deep pockets」這個表達是指有錢人的意思！在這裡的「pockets」總是用複數形。如果想像成有錢人的口袋不是只有一個，而是有許多個的話，會比較好記住嗎？

與前面句子同樣出現相同意思的單字 love，那這裡為什麼不與 the 連接呢？

Q

A　在（Case 1）的對話中，像是 Michael Bolton 的 Love is a wonderful thing!（愛是很美好的東西！）或是 Celine Dion 的 The power of love（愛的力量）一樣的情歌，都是我們能夠輕易接觸到的例子，也就是指一般意思的愛。用我們的話來解釋的

67

話，是「愛是恆久忍耐～又有恩慈」。與這些歌曲不同的是，在（Case 2）中不是指一般意思的愛，而是具體的愛！準確來説，因為指的是「他媽媽的愛」（the love of his mother）或是「神的愛」（the love of God），所以變成與定冠詞一起使用的「the love」，指的是特定的事物。

老師！我有問題！！
那麼，Love 這個單字，
真的無法一個、兩個計算嗎？

Again, 答案是 It all depends on context!（這是根據情境不同而做變化！）
雖然大部分例子中的 love 是當作不可數名詞，但 love 也有可數的情況。例如以下對話……

04_03_1

04_03_2

Brenda	How many real loves do you think you can find in this lifetime?
Tammy	Why are you asking me such a question?
Brenda	I just thought about that out of the blue.
Tammy	Well, I think we only get two. You know, one feels like too few, and three feels like too many.
Brenda	That doesn't make any sense to me. I strongly believe there is only one true love in a person's life.
Tammy	Well, then, you're not going to have any more love for the rest of your life, I guess. Don't you remember you just broke up with your true love?
Brenda	Say no more! He's history!

Brenda	你覺得在你一生中能夠找到幾個真愛？
Tammy	為什麼問我這個問題？
Brenda	我只是突然想到這問題。
Tammy	嗯，我想我們只有兩個。你知道，一個太少，三個又太多。
Brenda	這句話不合理。我非常相信一個人的一生只能找到一次真愛。
Tammy	那麼我猜，你餘生就找不到其他真愛了。你不記得你才剛跟你的真愛分手嗎？
Brenda	別再提了！他只是個過去！

在這次的情況中，與（Case 1）和（Case 2）不同，在例子中 love 做為「愛人」的意思使用，所以是用一個、兩個的可數名詞。再重新整理一次，學習冠詞的時候，比起直接背起來，去理解與冠詞一起使用的單字在句子中以何種意思來使用更為重要。這種類型的單字能夠透過多樣例句來理解各個其他冠詞使用的語感，充分地反覆練習就是我常說的培養文法使用語感的訓練。好，那麼，再選幾個在日常生活中最常使用的抽象名詞，來開始練習吧～首先，生活，如果想要跟全世界的人來討論人生為何的話，在這之前，應該要從生活和人生（life）的冠詞如何使用開始思考對吧？

CASE 1

Mr. Kim	Who said life is beautiful?
Eric	What's eating you, man?
Mr. Kim	I have a master's degree in TESOL and have studied English for more than 20 years. On top of that, I know how to approach English as a second language. However, Mark, who did not even major in English, is getting paid more than I am, just because of the fact that he's a native speaker. Why is life so unfair?
Eric	Well, that's life! You know, sometimes, life stinks!
Mr. Kim	But you know what? Even though life turns its back on me, I'm never going to give up! I'll get better student evaluations all the time and show everyone that I'm a better English teacher than most of the native speakers. Wish me luck, my friend!

金先生	誰說人生是美麗的？
Eric	老兄，什麼事讓你煩心呢？
金先生	我有 TESOL（Teaching English to Speakers of Other Language）碩士學位，而且學習英語 20 年以上。除此之外，我還知道如何對付英文為第二語言。但是，主修甚至不是英文的 Mark，薪水居然比我多，只是因為他母語人士。人生為什麼如此不公平？
Eric	對啊，這就是人生。你也知道，人生有時候很苦。
金先生	但你知道嗎？就算人生與我背道而馳，我終究不會放棄！我會一直從學生那邊得到教得更好的評價，並跟大家證明我比大部分母語人士是更好的英語老師！祝我好運，朋友！

以上對話中討論的 life 不能夠一個、兩個來數，而且是無法被抓住的。因為這些是無法計算的抽象名詞，不與 a/an 一起使用，也

因為沒有具體表明是「誰的人生」，而是當作一般生活或人生的意思來討論，所以不與 the 一起使用。

也就是說，在這裡能夠看到最一般狀態的抽象名詞和連接冠詞的無冠詞用法，就可以理解為我之前給你看 love 的（Case 1）相同的例子。基於提供讀者服務，可以在我們的用語中找一個例子，以前我還是小孩子的那個時代，打開 TV 都會出現的那首音樂！

♫ 人生未完成～寫到一半不寫的信！即使那樣，我們也要好好地寫。

♫ 人生未完成～畫到一半不畫的圖畫！即使那樣，我們也要美美地畫。

♪ 人生未完成～雕刻到一半不刻的雕像！即使那樣，我們也要好好地雕刻。

如此，不管是「生活」，或是「人生」，在討論時所使用的 life 都是無冠詞！

04_05_1

04_05_2

CASE 2

Johnny: I'm taking a Cultural Anthropology class this semester and am required to submit a term paper about the life of North Korean people. Do you know anybody who's from North Korea?

Jung-il: To tell the truth, I happen to be a defector from North Korea.

Johnny: Is that a fact? I didn't know that you had defected from North Korea.

Jung-il: Gosh, the life in North Korea was a nightmare to me! I don't know anything about the life of the upper classes there, though.

Johnny	我這學期有選文化人類學的課，期末需要提交關於北韓人生活的報告。你有認識北韓出身的人嗎？
鄭日	說實話，我剛好是脫北者出身。
Johnny	真的嗎？我不知道你是脫北者。
鄭日	老天，在北韓生活對我來說真的是場惡夢！但是，我也不知道那裡的上流人士的生活是怎樣。

在以上的對話中，與（Case 1）不一樣的是，life 持續與定冠詞 the 一起使用。因為，在例句中的 life 不是與（Case 1）出現的一般通稱的生活／人生，而是與「**the** life of North Korea」（北韓人民的生活）、「**the** life in North Korea」（在北韓的生活）、「**the** life of the upper classes there」（上流人士在那裡的生活）特定且具體的生活。

04_06_1

04_06_2

CASE 3

Amy	Geez, you look blue. What's going on?
Julia	My great-grandfather passed away.
Amy	Oh, no! I'm sorry to hear that. Wasn't he ninety something?
Julia	Yeah, he was ninety-seven when he died, and I know that he lived a long life... but what bothers me is the fact that he lived a really tough life.

Amy	欸，你看起來很憂鬱。發生什麼事？
Julia	我的曾祖父過世了。
Amy	喔不！我很遺憾聽到這個消息。他不是九十多歲嗎？
Julia	對，他過世的時候九十七歲，我知道他很長壽……但我難過的理由是因為他過著坎坷的一生。

在這裡的 life，是指 Julia 曾祖父過的一生，所以是用 a life 指一段人生沒錯。因此會出現 a long life（一段長壽的人生）、a short life（一段短逝的人生）、a comfortable life（一段舒適的人生）、a tough life（一段坎坷的人生）等這些用法。除此之外，life 做為「生命」的意思使用的時候，不是當作抽象名詞，而是當可數名詞使用：

• How many lives have been lost in the Iraq war so far?

在伊拉克戰爭中，到現在已經失去了多少條生命了？

• Tarzan argued that he had killed the lion in order to save the lives of many other animals in the jungle.

泰山認為他殺死了獅子，為的是要拯救叢林裡許多其他動物的生命。

好，到現在讀者們與我已經看過代表的抽象名詞：愛（Love）與人生（Life）依照情境做不同的選擇，使用無冠詞（zero article: Case 1）、定冠詞（the: Case 2）、不定冠詞（a/an: Case 3）。不是只有選擇吃冰淇淋的樂趣，即使是同一個單字，英語的冠詞也是依照情境選擇吃的樂趣。為了再一次喚起你的記憶～我額外再選一個抽象名詞來說明，並一一與以上（Case 1）、（Case 2）、（Case 3）對照各個冠詞的用法，所以就算這次我沒有每個單字、每個句子說明，也請盡力理解。來來，那麼我們來看有加油意思的 Power（力量）！！！！

04_07_1

04_07_2

Avis	Did you see the news last night? John McCain lost the presidential election, which means Barack Obama is our next president!
Ah-young	Yes, I did. Wasn't that incredible?
Avis	Oh, yes! I was so overwhelmed that I couldn't fall asleep. How did Korean people take the news?
Ah-young	Most Koreans found it pretty inspiring as well. Anything and everything seems possible now! I believe Obama's victory in the presidential election has completely changed the perception of the United States in the rest of the world.
Avis	I sincerely hope so. I personally think our current president tends to abuse power, and it's definitely time for a change.
Ah-young	What do you think is the biggest reason that Americans voted for Obama?
Avis	Hmm... It's not an easy question to answer, but I think it's because he has **the** power of capturing and holding the attention of his audience.

Avis	你昨晚有看新聞嗎？John McCain 在總統選舉落選了，這表示 Barack Obama 會是我們下一屆的總統。
峨永	我有看到。這不是很讓人難以置信嗎？
Avis	對啊！我心情難以平復所以睡不著覺。韓國人會怎樣接受這則新聞呢？
峨永	大部分的韓國人也對這則新聞很澎湃。現在任何事情好像都有可能發生！我相信在這次總統選舉中，Obama 的勝利已經完全改變了全世界的人對於美國人的看法。
Avis	我真的那樣期盼。我個人認為我們現在的總統有濫用職權的傾向，現在真的是時候該改變了。
峨永	你覺得美國人投給 Obama 最大的原因是什麼呢？
Avis	嗯……這真的不是簡單的問題，但我認為他有捉住並掌握觀眾注意力的力量。

在之前對話中出現的第一個 power，是指一般的「權力」之意，與 love & life 的（Case 1）是一樣的例子，可以視為無冠詞的用法。第二個 power 則是具體的力量，因為是指「捉住觀眾注意力的那個力量」，與 love & life 的（Case 2）是相同的例子，也就是「the + 抽象名詞」。

04_08_1

04_08_2

Christopher What are you reading, dude?

Clark Adventures of Superman. It's a comic book.

Christopher So, what are Superman's powers?

Clark I don't know exactly how many powers he has. All I can tell you is he can fly and is faster than a bullet. Oh, he can lift super heavy things to the point that he can move the earth.

Christopher Wow, that's so cool! By the way, how did he lose that many powers in the end?

Clark I'm still reading the beginning part of the book. I'll let you know when I figure it out.

Christopher 老兄，你在讀什麼？
Clark 超人的冒險。是本漫畫書。
Christopher 所以超人有什麼樣的能力呢？
Clark 我不知道他實際上有多少個能力。我能跟你說的就是他能飛、而且速度比子彈還快。啊，他還能夠搬超級重的東西，是到能夠移動地球的程度。
Christopher 哇，真的非常酷！那麼他最後怎麼失去這些能力呢？
Clark 我還在讀前半部。之後發現的話再告訴你。

在前面對話中的 power 是指具體的某個能力。再次說明，因為一一指出像是「飛的能力」或是「移動地球的能力」等「超人擁有的具體能力」，所以是能夠當作一個、兩個計算的可數名詞使用。

已經加過油的話，讓我們這次來看有許多福氣之意的 Luck（幸福、福氣、運氣）！！

04_09_1

04_09_2

CASE 1

Maggie	I've got butterflies in my stomach! I'm taking the GRE tomorrow.
Tom	No worries! You're gonna be fine. I believe in you!
Maggie	I don't know. If it's the GRE, I'm usually out of luck.
Tom	Trust me, Maggie. You've been preparing for this exam for such a long time. You're gonna be in luck this time!
Maggie	Can you please wish me luck?
Tom	Sure! Good luck to you, my friend!

Maggie	我好緊張！我明天要考 GRE（美國研究生入學考試）。
Tom	別擔心！你會沒事的。我相信你！
Maggie	我不知道。如果是考 GRE，我通常運氣很差。
Tom	相信我，Maggie。你已經花了很長時間來準備這個考試。這次你會很好運的。
Maggie	你可以祝我好運嗎？
Tom	當然！祝你好運，朋友！

04_10_1

04_10_2

Amanda	Guess what?
Aiden	What? **I'm all ears**[1]!
Amanda	I went to the movies last night with Laurel, and you know who I saw there? I had **the** luck to see Jim Carrey there!
Aiden	Oh, you're so lucky!

---

1. I'm all ears!: 我正在聽！

Amanda	你知道嗎？
Aiden	什麼？我有在聽，說吧。
Amanda	昨晚我跟 Laurel 一起去看電影，你知道我看到誰了嗎？我很幸運地在那裡看到了 Jim Carrey！
Aiden	哇，你真的很幸運！

在（Case 1）中的 luck 如同「祝你好運（Good luck to you）」、「我沒運氣／你會有好運（I'm out of luck./You're gonna be in luck!）」，是指一般意思的幸運／運氣，因此無冠詞！與這不同的是，在（Case 2）中，luck 是具體指出「能夠見到 Jim Carrey 的那種幸運」，即指出具體事件，所以與定冠詞 the 一起使用！不管是抽象名詞、物質名詞、固有名詞、集合名詞，或是普通名詞等，任何種類的名詞，如果與「the」一起使用的話～就是指具體某物的事實！我相信現在你們到老了都會記住！！

5

我們是一體的！
（由許多個事物聚集
成為一個集合名詞）

COLLECTIVE
NOUNS

在〈Chapter 2〉所看到的，「vocabulary」（字彙）這個單字是不管有許多的「words」皆為「a vocabulary」的集合名詞。在這個章節，我們來看由許多個事物聚集成為一個集合名詞▶！首先，我們先從比花更美的「人」組成的集合名詞開始。集合～！

▶ Vocabulary 帶有「字彙能力」的意思，出現在例句中會當作抽象名詞使用，也可看做是不可數名詞。如果想不起來的話，請參考 40~41 頁！

- **Family** （家族：由幾個人集結而成一個家族的集合名詞）

- **Team** （組：由幾個人集結而成一個組的集合名詞）

- **Faculty** （全體教職員：不是一名教職員，而是全體教職員的集合名詞）

- **Staff** （全體職員：不是一名職員，而是全體職員的集合名詞）

- **Committee** （委員會：由幾名成員集結而成一個委員會的集合名詞；
  附註，一個委員為「a committee member」）

- **Jury** （陪審團：由幾名陪審員集結而成一個陪審團的集合名詞；附註，
  一個陪審委員為「a juror」）

- **Audience** （聽眾：由幾名觀眾集結而成一群聽眾的集合名詞）

- **Gang** （幫派：由幾名幫派成員集結而成一個幫派的集合名詞；附註，一
  個幫派成員為「a gangster」）

以上這些單字，美國人全都看成是一個 Unit（單位），所以與
「一個的～」冠詞「a」一起使用，動詞與「is」、「has」等單
數形動詞一起使用。來，我在這裡仍然強調「美國」的理由，是
因為英國人會在這些單字後面連接單數形動詞與複數形動詞。在
這種情況下，是使用單數動詞與複數動詞之間的差異，在我們的
英語文法課會被分為「集合名詞」與「群集名詞」。換句話說，
把這些名詞看成是 Unit，會把它視為單數（集合名詞用法），如
果提到形成這個群體的全部個體時，會視為複數（群集名詞用
法）……這並不是集體用語，為了把集合或群集文法用語搞混的
人，我簡單地用例句來區分……

CASE 1

Our team is going to be the winner! 我們這組會是贏家！

Our team **are** full of energy! 我們這組充滿活力！

同樣是 team 這個單字，在（Case 1）中與單數動詞（**is**）一起使用；而在（Case 2）中與複數動詞（**are**）一起使用。理由即是因為在（Case 1）中，team 是做為一個單位（Unit）使用，這就是集合名詞的用法。相反地，（Case 2）的例句中，不是指一個單位的 team，而是指 team member 每個成員的狀態／感情的通稱，所以與複數動詞一起使用，這就是「群集名詞」的用法。UNDERSTAND??

到現在，我花了如金錢般的時間來舉例說明集合名詞與群集名詞的差異，**但是這就像是在美國吃水果不吃籽一樣，行不通。**

再次說明，這就是英式英語，不是美式英語。在現代美式英語中，以上單字全都是視為單數，而與美國簽訂 FTA 的加拿大式英語也是一樣。（只是，family 是例外！family 在美國有幾個鄉下地區會做為複數使用。）如果有讀者執意要問，我們現在是學習英式英語還是美式英語的話，先跟你道歉。雖然道歉，但如同之前說過很多次，我教英語以及生活的地方是美國佛羅里達州！因此，我爽快承認針對教英式英語這件事有極限。再次提醒，在這本書中的文法，全都是以現代美式英語為基礎。好，那麼，如果無法說英式英語的話，我們也要下定決心地學好美式英語，所以我們來觀察美國人是如何使用以上的單字吧。

05_01_1

05_01_2

Christi	What is the number of children in **an** average Korean family?
Ah-young	I have no idea, but I guess either one or two?
Christi	In **each** family? Is that it?
Ah-young	Yes. A lot of young couples in Korea don't want to have more than one kid these days.
Christi	I don't think it's a good idea to have only one kid. I actually read an article about the "Only Child Syndrome" yesterday, and it was more serious than I had thought.
Ah-young	That sounds like a biased view. I strongly believe we should stop stereotyping people like that. My best friend, Mi-ae, is an only child, but I've never seen such a giving person like her.
Christi	I'm sorry, but I didn't mean to offend you or anything. It's just that my family **has** five children, and I really enjoyed my childhood with my siblings. At that time, we did everything together. We were **a** team, and our team **was** full of energy!

Christi	在一個韓國家庭中,平均有幾個小孩呢?
峨永	我不知道,但我猜一個或兩個吧?
Christi	在每個家庭?這是全部嗎?
峨永	嗯。許多韓國年輕夫婦最近不想要生超過一個小孩。
Christi	我覺得只有一個小孩不是很好。其實,我昨天有看了關於「獨生子女症候群」的一篇文章,比我想的還要嚴重。
峨永	這聽起來像是偏見。我強烈認為我們應該要停止用這種方法把人定型化。我最好的朋友美愛是獨生女,但我從來沒有看過像她一樣慷慨的人。
Christi	抱歉,但我沒有想要冒犯你什麼的。只是,我們家族有五個小孩,而且我真的很享受與兄弟姊妹在一起的童年。在那時候,我們總是一起做每件事。我們是一個團隊,而且我們這隊總是充滿活力!

不管兄弟姊妹有多少，家庭是一個，因此是 a family，要用單數形動詞。雖然家庭成員有許多，但我們是一隊！所以是 a team，動詞也是單數動詞！順帶一提，如果 Christi 的最後一句跟（Case 2）一樣用「Our team **were** full of energy!」的話，在美式英語中會聽起來非常不通順。

05_02_1

05_02_2

Faculty Member	Our school has **an excellent** faculty.
Prospective Student	How **is** the faculty of the Biochemistry Department here?
Faculty Member	Oh, their teaching staff **is** known for <u>their</u> professionalism.
Prospective Student	Done deal! I'm so applying to this school!
Faculty Member	The Admissions Committee **is** going to review your application form and inform you of their final decision.

教職員	我們學校有非常優秀的師資團隊。
預備生	這間學校的生物化學系師資如何呢？
教職員	喔，這個學系的師資是以他們的專業聞名。
預備生	我決定了！我真的要申請這間學校！
教職員	招生委員會會審查你的申請資料，然後他們會通知你最後的決定。

許多教授聚集在一所學校或一個學系，而形成「一個師資團隊」！因此是 an excellent faculty，動詞也是單數形。與 faculty 同義的 teaching staff 用法也是一樣的。請注意在上述的對話中，就算集合名詞使用單數動詞，但是是有可能使用如畫底線的 their 複數形代名詞，這是要表達能夠突顯各個教職員的功用。

05_03_1

05_03_2

Dewaine	I was called for jury duty, and it was a gang fight case.
Damon	Are you talking about the incident that happened downtown?
Dewaine	Yes. Since two gangs are involved in this case, there was **a** large audience at the court.
Damon	So, how many gangsters in total?
Dewaine	Each gang **has** four members, so eight in total. The final verdict is not delivered yet, but I am under the impression that the jury **is** on no one's side.

Dewaine	我被召集為陪審團，那是個幫派鬥爭的案子。
Damon	你是說關於發生在市中心的那個事件嗎？
Dewaine	對，因為有兩個幫派涉入此案件，所以法庭聚集一大群觀眾。
Damon	所以，總共有多少名幫派成員？
Dewaine	每個幫派有四名成員，所以總共有八名。最後判決書還沒出來，但我對陪審團都沒有偏袒某一方而感到印象深刻。

不管有多少人圍觀，他們只是一群觀眾，所以是 a large audience，並且動詞也是單數形！雖然有很多個小組跟隨著「大哥」，但大幫派只有一個，所以與「Each gang has」一樣使用單數形動詞。這裡雖然不是指幫派，但指每個幫派成員的 gangster 當然是單數、複數都可能的普通名詞！最後，因為由多名陪審員組成一個陪審團，所以與「the jury is」一樣使用單數形動詞。如果有對於美國陪審陪審團制度不了解的讀者，請直接上網搜尋……我們生活在很美好的世界！What a wonderful world~ ♪

然而，與以上單字不同，有個特別單字是集合名詞、而且動詞可以是單數或複數。但那是什麼呢？

是警察！「The Police」

05_04_1

05_04_2

Robert　The police **have** finally arrested the imposter.

Josh　Super! By the way, what took them so long?

Robert　While the police **were** investigating others, he **took cover**[1] in New York.

---

1. take cover: 躲藏

Robert　警察終於抓到那個騙子了。

Josh　太好了！話說，為什麼花了這麼多時間呢？

Robert　警察在調查其他事情的同時，那個人躲在紐約。

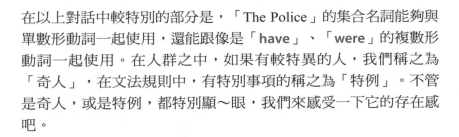

在以上對話中較特別的部分是，「The Police」的集合名詞能夠與單數形動詞一起使用，還能跟像是「**have**」、「**were**」的複數形動詞一起使用。在人群之中，如果有較特異的人，我們稱之為「奇人」，在文法規則中，有特別事項的稱之為「特例」。不管是奇人，或是特例，都特別顯～眼，我們來感受一下它的存在感吧。

如同許多人聚集形成一群的集合名詞，動物也會成群結隊地形成一群。好，那麼，從現在開始，讓我們進入動物的世界，來回答一下我的集合名詞問題吧？

♫嗚———哇———嗚———哇———嗚哇－嗚哇－牛刀小試時間！神祕的世界！！

A *family*

Birds of a feather flock together.

Quiz 1 以下空格中，有共同的「群／成群」意思的集合名詞？

• a _____ of elephants　一群大象

• a _____ of giraffes　一群長頸鹿

• a _____ of sheep　一群羊

• a _____ of horses　一群馬

• a _____ of cows　一群牛

• a _____ of deer　一群鹿

• a _____ of antelopes　一群羚羊

正解是 **herd**！這是我們使用在一般所想到生活在地面上許多動物的集合名詞。如果再補充一下的話，能夠使用「一個」意思的「a」，也能夠使用複數形的「herds of～」。

Quiz 2 同樣的問題。

• a _____ of birds　一群鳥

• a _____ of seagulls　一群海鷗

• a _____ of ducks　一群鴨

• a _____ of geese　一群鵝

• a _____ of chickens　一群雞

• a _____ of sparrows　一群麻雀

正確答案是 **flock**！如同例句所看到的，「flock」是鳥類最常使用的集合名詞！最有趣的事實是，這個單字也可以當作動詞「成群」、「聚集」來使用，最為代表的例句是在生活中最常使用到的俚語「Birds of a feather flock together.」（相同羽毛的鳥會聚在一起）。用中文來說的話是「物以類聚」或是「類類相從」！

Quiz 3 問題省略！

• a _____ of fish　一群魚

• a _____ of whales　一群鯨魚

• a _____ of dolphins　一群海豚

正確答案是 school！在這裡的「school」不是指學校的意思，而是指「一群」動物悠游在水中的意思，像是魚或是鯨魚！

除此之外，雖然還有許多類似與 a colony of ants（一窩螞蟻）、a colony of rats/bats（一窩老鼠／蝙蝠）、a colony of bees（一群蜜蜂）、a gang of buffaloes（一群水牛）、a brood▶ of baby birds（一群小鳥）等動物和昆蟲的集合名詞，基本上只要理解以上三種應用，就能夠造出多樣化的句子。當然在動物的情況中也是，有連接「a」一隻意思的單字與單數動詞使用。為什麼？因為是集合名詞！

▶「flock」是指籠統的一群鳥；「brood」則是指一窩孵出的雛鳥。

Emily　　I had a really weird dream last night. A large school of fish **was** clustering around me. Does this dream mean anything?

Tim　　Are dreams supposed to mean something?

Emily　　I believe so. Last year, a colony of bats **was** trying to attack me in my dream, and I had a minor car accident the next day.

Tim　　What a coincidence!

Emily　　I don't think it was just a coincidence. I think it was a warning dream.

Tim　　By the way, what's that magazine you're always carrying?

Emily　　Oh, it's "National Geographic: Deep Sea Dive." I've been reading it a couple of nights before bed time.

Emily　　我昨天做了一個很奇怪的夢。有一大群魚圍繞在我身邊。這個夢帶有任何意思嗎？

Tim　　夢應該會帶有什麼意思嗎？

Emily　　我相信有。去年，我夢到一群蝙蝠試圖要攻擊我，隔天我就出了小車禍。

Tim　　真是巧合！

Emily　　我不認為這只是個巧合。我想這是個警告的夢。

Tim　　順便一提，你總是帶著的是什麼雜誌呢？

Emily　　喔，這是《國家地理雜誌：潛入深海》。從兩三天前開始，我都在睡前看這本雜誌。

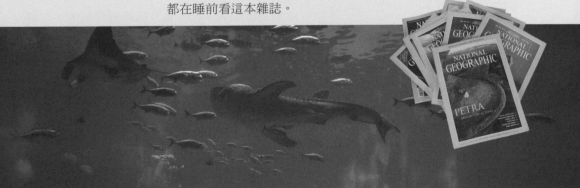

對學習英語有幫助的
外語學習理論 1
學習與習得

LEARNING

I am a boy.
You are...
She/He is...

——— VS. ———

ACQUISITION

太陽…太陽…　　　Blah blah...

「有句諺語說學習裡沒有捷徑，一生都在學習文法和背單字，持續下去，怎麼可能學不好英語呢？」

很可惜地，針對這問題，在這領域著名的學者 Stephen Krashen 回答了「No！」。Krashen 將英語的學習過程分成學習（Learning）和習得（Acquisition）兩大類。「學習」（Learn）的概念是有意識地學習過程，主要是集中學習英語的形態與規則（例如：背文法公式或單字等）。所以，在亞洲幾乎所有英語教室都是以學習（Learning）為主。相反地，「習得」（Acquisition）的概念是我們用嘴吧與身體內化我們所使用的語言，而這是指習得（Acquisition）的過程是「有意義的互動」（meaning interaction）。Krashen 主張要能流暢對話，只能透過習得（Acquired）語言，所以在學習（Learning）的過程中，無法與自動「習得」（Acquisition）全部的知識相連接，因此更強調「習得」的過程，而非學習。

在英語中存在著許多規則，稱為文法，雖然我們辛苦地學習文法，但在用英語表達訊息的時候，卻不會正確地遵守規則。有些人透過 Vocabulary 22,000、甚至 33,000 等書籍持續地增加字彙，但在需要用到的時候，卻無法很自然地說出口。雖然我們知道透過機械式反覆背誦能夠理解英語，卻無法自然使用這些知識，只是累積在我們腦子裡，無法發揮語言的價值。這些現象會發生是因為我們已經學習過了，卻沒有習得。現在，在

我們的腦袋中，為了讓只具有知識價值、叫英語的傢伙，以擁有語言技能的完美樣貌再次重生，所以讓我們先放下所學的，來體驗一下習得吧。

那麼，習得到底是什麼呢？如果依照 Krashen 的建議，語言習得過程的關鍵是「meaningful interaction in the target language」（在目標語中有意義的交流）。具體而言，用英語談話的時候，只有專注在對方正在傳達的「訊息」，並進行「真正對話」才能夠習得。例如，用英語談話的時候，為了不想要犯錯而過度注意自己的文法或是發音，而疏忽自己真正想要傳達或對方正在傳達的訊息，這就是與習得有差距的語言學習。因為把注意力放在訊息的同時，用英語來「真正對話」，會很自然地習得一個、兩個正確的表達，所以提起勇氣、有耐心、持續～地修正習得的過程吧。

最後，Krashen 透過他的理論強調一項簡單的事實：我們需要把英語這個語言當作溝通的工具，而英語的使用方法需要用身體熟悉……要舉例的話，就用我經常跟學生舉的例子吧。比起把器具或工具的使用方法背起來，不如直接學習如何使用它們，對吧？我們應該要做的事情是增加使用工具的次數，而不是去背工具的使用方法，多試過幾次之後，就會找到更正確且舒適的姿勢，直到最後這項工具在手中不用刻意去努力，也能夠更自然方便使用的時候。別只是在腦袋完美地記住文法使用的知識，為了要讓自己口語所使用的句子擁有完美的文法，我們必須學習文法，並體驗必要的習得過程！語言也是溝通的工具……

如此一來，在外語教育的領域中，與其說英語是需要學習的學問，不如說是為了當成溝通工具所做的學習，在教學或學習方法上與數學、歷史、科學等其他科目有很大的差異。

現在正在閱讀這些文字的讀者們，你們的英語學習方法更靠近哪一邊呢？

CHAPTER

用一個介系詞
表達的意思
會不一樣嗎？

PREPOSITIONS

不同於中文口語的「啊」和「喔」，在英語中也有用一個介系詞來改變整個句子的意思嗎？再次跟你說明，在我的文法教室中，拒絕用冗長的文法說明。走開！走開！！現在，把長期掌權又冗長的文法說明與死背的公式等空出的位置，用生活中的多樣例句來填滿，並培養使用文法的直覺吧！那麼，在這一章開始的問題。請看以下三個例子的差異性為何？

Can I get something to write with?

Can I get something to write on?

Can I get something to write about?

如果你要試著解釋以上的句子，全部都可以說明為「可以給我寫的東西嗎？」但在每個句子中，說話者得到（get）的方法皆不同。邊說明句子的差異性、邊提供正確解答這件事情，就像是問整天教英文的老師是否要坐著吃粥一樣，兩件事無法同時進行，因為這是我的教學哲學，所以我沒辦法馬上就給出答案。相反地，請讀者們仔細觀察以下例句中 with、on、about 的用法，由讀者自己培養語感後，期望在每個 Case 中，能夠 get 到說話者要「get」的東西是什麼。You got it? Now, let's make a good guess!

(1) with

- May I fill out the form with a pencil?
  我可以用鉛筆填表格嗎？

- Why don't you cut the paper with scissors?
  你為什麼不要用剪刀來剪紙呢？

- This font size is too small, but I can read it with glasses.
  這字體大小太小了，但我可以戴眼鏡來閱讀。

前面例句中的介系詞「**with**」是做為何種用法使用呢？
在（**Case 1**）中，speaker（說話者）要得到的東西是什麼？

在以上例句中，「with」和必要的工具一起使用，像是「用剪刀」、「戴眼鏡」等行為。與此類似的（Case 1）例句中，說話者是要得到能夠與鉛筆或原子筆等一起使用的必要工具。在類似的例句中，如果用「without」代替「with」的話，能夠說明成「不用那個工具」。

💬 My granddad cannot read without glasses.
我爺爺不戴眼鏡無法閱讀。

(2) on

💬 • Who wrote the words on the whiteboard?
　誰在白板上寫字？

• You can draw a picture on this paper.
　你可以在這張紙上畫圖。

• I got the author's autograph on the book cover.
　我得到作者在書本封面上的簽名。

• We are on the same page!
　我們有相同想法！

以上例句中的介系詞「**on**」是做為何種用法使用呢？
在（**Case 2**）中，speaker（說話者）要得到的東西是什麼？

以上的情況中，介系詞「on」感覺是在一些表面上寫著什麼，像是「在白板上」、「在紙張上」、「在書本封面上」、「在同一頁上」等。如同例句（Case 2），可以得知說話者想要拿能夠在上面（on）寫字的紙張。

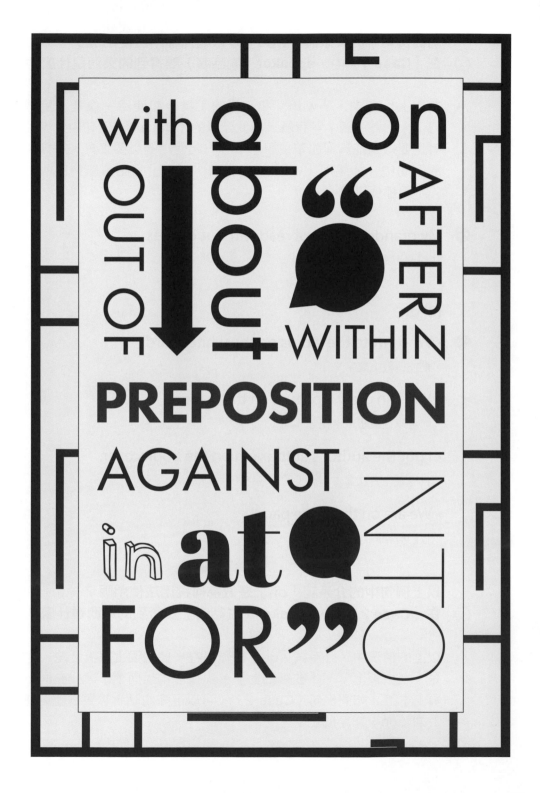

96

(3) about

💬 • Today's newspaper is all about the Olympics.

今天的報紙全都是關於奧運。

• What is your thesis about?

你的論點（論文）是關於什麼呢？

• My presentation is about Korean history.

我的發表是關於韓國歷史。

以上例句中的介系詞「about」是做為何種用法使用呢？
Q **在（Case 3）中，speaker（說話者）要得到的東西是什麼？**

A 在以上的情況中，與某個主題相關會與「about」一起使用，例
如：「關於奧運」、「關於某個論點」、「關於韓國歷史」等。
如同例句（Case 3），說話者詢問寫關於某件事的主題。事實上
這個句子是我在教 Composition Class（作文課）給自由的主題
時，學生一定會問的問題。親～愛的學生，Please be more
creative!

老師！我有問題！！
那麼，沒有介系詞，只是這樣問：
「Can I get something to write?」
是什麼意思呢？

很可惜地，這句話沒有任何意思，而且在文法上也是錯誤的句
子。這理由是……首先依照「write」這個詞是及物還是不及物動
詞來選擇要加或是不加介系詞，這種舊時代的文法說明會讓人覺
得很果斷。用這種方式來貼近文法只會讓人覺得頭痛，更重要的
是，這對我們的目標「文法習得」是一點腳趾頭大小的幫助也沒
有！

我只是想說，這句話為了要明確地表達意思（to clarify the meaning），所以需要一個介系詞，因為句子本身無法清楚表達。為了了解說話者要「get」的具體意思是什麼，也就是說，不管是要表達使用原子筆或鉛筆等寫字工具的意思（with）、表達寫在紙上的意思（on）、或是詢問寫關於何種 Topic 的意思（about），必定要加上介系詞。

在「write」的情況下，在以上多樣的例句中，前面不管加上何種介系詞也不會改變動詞原本「寫」的意思，但是有些動詞是會根據介系詞而改變原本的動詞意思。換句話說，後面連接的介系詞會影響原本動詞的意思！來看代表的例子（look）吧！

CASE 1

What are you looking **at**?

CASE 2

What are you looking **for**?

CASE 3

What are you looking **after**?

CASE 4

What are you looking **into**?

來，如果大家現在還期待我針對以上的例句解釋文法，那麼讀者們仍無法理解我的教育哲學。請讀者們親自去觀察上述的每句例句！親自！用自己的力量！！！來找一下。以上例句，除了介系詞之外其他都一樣。事實上，讀者們應該能夠看出每個句子的解釋都不同，除了介系詞不同，其他部分都相同，我們跳過說明直接進入對話與例句……

06_01_1

06_01_2

CASE 1

Sarah	Hey, what are you looking at?
Jen	Oh, I'm looking at a flashing ball.
Sarah	Flashing ball? But it doesn't flash any light.
Jen	When you squeeze it on, it does. Look at this!
Sarah	Wow, it really does. This is so cool! How can I turn the light off?
Jen	You can just squeeze it off.

Sarah	嘿，你在看什麼呢？
Jen	喔，我在看會閃光的球。
Sarah	閃光的球？但它沒有亮光呀。
Jen	你壓下去的話，就會發光。你看看！
Sarah	哇，真的耶。太酷了！我要怎麼關掉亮光呢？
Jen	只要再壓下去就會關了。

Q 「Look at」的意思是什麼？

A BINGO!

讀者們只要知道「Look」的意思即可，而且這是常用的動詞。直接說明就是「看」的意思！如此，有看的意思的「Look」動詞或類似的單字，在句子中可以和 at 連接。類似單字有 peer at（仔細地看）、stare at（盯著看）、peep at（窺視）、peek at（偷看）等。如同讀者所看到的，全部都是有包含基本「看」的意思，並且與（Case 1）的 look 是相同的意思，因此把它們視為同個例子使用方法就可以了。因為句子相同，所以介系詞的用法當然也相同！Grammar-in-context! 沒提供例子就繼續前進，就像藥房裡面缺少甘草一樣，所以我們來看一些例句之後，就繼續往下吧～

99

- Ashley peered **at** the face of her sleeping baby for a long time.

  Ashley 凝視著她的寶寶睡著的臉很長一段時間。

- Stop staring **at** me! You're embarrassing me.

  不要再看我了！你讓我很尷尬。

- Ms. Sarah! Joshua just peeped **at** the answer in the book!

  Sarah 老師！Joshua 剛剛偷看書裡的答案！

- Jennifer peeked **at** her next-door neighbor through cracks in the wall.

  Jennifer 從牆縫偷看她隔壁的鄰居。

還有！！既然讀者們已經開始學習介系詞了，在例句（Case 1）中，我們來觀察 on 和 off 的用法吧。做為打開（power on）或關閉（power off）某個事物常使用的介系詞「on」和「off」，這個用法有小學生都知道的「turn on」、「turn off」，除此之外還有在對話中出現的 squeeze it on（壓下去打開）、squeeze it off（壓下去關緊）、或是 twist it on（轉開）、twist it off（鎖緊）等應用表達，都一起記住吧。在餐廳裡水是自助飲用；而在我的文法教室中，句子裡的表達也是自助的～

06_02_1

06_02_2

Linda　What are you looking for?

Sylvia　I'm looking for my notebook.

Linda　Are you talking about your spiral notebook or laptop?

Sylvia　Oh, my spiral notebook, which has a navy-blue front cover. I have a chemistry exam tomorrow, and I took all the notes there.

Linda　你在找什麼呢？
Sylvia　我在找我的 notebook。
Linda　你是指線圈筆記本還是筆電呢？
Sylvia　喔，我是指我那本深藍色封面的線圈筆記本。
　　　　我明天有化學考試，筆記全部都寫在裡面。

Q 「Look for」的意思是什麼呢？

A 試著找某個東西！（Try to find something!）同樣是 Look 這個動詞，不連接介系詞「at」而是連接「for」，意思就會從「看」變成「找」。同樣地，有「找」的意思的其他動詞在例句中也是連接「for」。代表的例子有「search for」。

💬 I'm searching for my Mr. Right.
我正在找適合的另一半。

06_03_1

06_03_2

Jeramiah　My uncle is stationed in Honolulu, Hawaii. He told me to live in his place and look after this and that until he comes back to town.

John　So, what are you supposed to be looking after?

Jeramiah　Simply put, I'm supposed to look after his property.

Jeramiah　我叔叔駐點在夏威夷的檀香山。他告訴我要去住他家並幫他顧這個、那個，直到他回來市區為止。

John　所以你到底要顧什麼？

Jeramiah　簡單來說就是，我應該要顧好他的財產。

Q　在句子中的「Look after」是什麼意思？

A　「Look after」是照顧人或是事物的意思，相同意思的動詞有「take care of」。附註，「take care of」跟「look after」一樣皆能夠使用在人或事物上。

💬　• Then, who's gonna take care of this baby?

　　那麼，誰要照顧這個嬰兒呢？

　　• How much does this all cost? - Don't worry about it! I'll take care of it.

　　這些全部多少錢？－別擔心，我會付全部的錢。

06_04_1

06_04_2

CASE 4

Dad	What are you doing with a magnifying glass there? Are you looking **into** something or what?
Tommy	Yes, I am, Dad!
Dad	What are you looking **into**?
Tommy	I'm looking **into** the theft that happened last night.
Dad	With a magnifying glass? Are you Sherlock Homes or what?

爸爸	你在那邊拿著放大鏡做什麼？你在調查什麼嗎？
Tommy	沒錯。爸爸！
爸爸	你在調查什麼？
Tommy	我在調查昨天晚上發生的偷竊事件。
爸爸	用放大鏡嗎？你是夏洛克・福爾摩斯嗎？

Q 「**Look into**」是什麼意思？

A 調查！竊盜事件（theft）不是用眼睛看而是要調查，所以不用
「look at」而是用「look into」沒錯。事實上，在我們的語言中
也是有「靜觀其變～」這種相同的用法，「look into」比起直接
說明為「深入看」，情境中理解為「調查」的意思會更加自然。
但是，這個「look into」與（Case 4）不同的地方在於，有時也
會當作「看」的意思。下面的例子能夠很容易地在加拿大歌手
Bryan Adams 所唱過的歌曲中找到，那時是我擠破頭要考進外語
高中的時候。

💬 ♬ Look **into** my eyes~ You will see~ what you mean to
me~ ♬

看我的眼睛～你會看到～你對我意義是什麼～

103

我相信沒有讀者會把歌詞解讀為「來調查我的眼睛～」，把以上歌詞中的 look 和（Case 4）互相比較，反而看成（Case 1）的意思更恰當。只是 Bryan 在這裡替換「at」並使用「into」的理由，是為了想要強調深～入～看進去的感覺。再次整理的話，「看～」是「look at」；「看進去～」則是「look into」！

06_05_1

06_05_2

Carolina	Look **at** this typo in the handout. Who typed this?
Percy	I suppose Maggie did.
Carolina	Where is she?
Percy	Who knows? You might need to look **into** a crystal ball to find out where she is.

Carolina	看這份講義上的錯字。是誰打的？
Percy	我猜是 Maggie 打的。
Carolina	她在哪？
Percy	誰知道？你應該要看一下**水晶球**▶找她在哪。（你應該看進水晶球裡面找她在哪。）

▶西方算命師在算命的時候，會在搓完水晶球之後觀察，因為他們相信水晶球能夠預知未來。

此外，我們無法計算一個介系詞改變句子整體意思的例子有多少個……即使如此，也別煩惱應該從哪裡開始。首先～因為一個介系詞而完全 completely 變成相反的意思，所以我們先專注在如何小心使用來說明吧。
READY~ ACTION!

INTO vs. OUT OF

CASE 1 He just ran into the building./He just ran out of the building.
他剛跑進那棟建築物裡。／他剛從那棟建築物跑出來。

CASE 2 The bus driver helped the woman in a wheel chair into the bus.
公車司機幫助那位坐輪椅的女士上公車。

CASE 3 The bus driver helped the woman in a wheel chair out of the bus.
公車司機幫助那位坐輪椅的女士下公車。

以上三個例句中的「into」與「out of」皆保持原本「進」與「出」的意思。但是，也有不當作物理上「into」與「out of」的意思來使用，而是當作概念性的意思來使用……

CASE 1 Kristine convinced her husband into quitting the job.
Kristine 說服她老公辭職。

CASE 2 Kristine convinced her husband out of quitting the job.
Kristine 說服她老公不要辭職。（她阻止她老公辭職。）

事實上，以上的情況是我許多學生會搞混的部分，如果再做更多說明的話，怕會有學生更混亂，所以我會用圖示來說明。這是～為了視覺學習者（visual learner）！！

Kristine convinced her husband
into quitting the job.

Kristine convinced her husband
out of quitting the job.

來確認你是否理解這張圖～再舉一個例子！

CASE 1 Kristine argued her husband into taking the job.
Kristine 說服她老公把握那個工作機會。

CASE 2 Kristine argued her husband out of taking the job.
Kristine 說服她老公不要接受那個工作機會。（她阻止她老公接受
那個工作機會。）

補充說明，介系詞「out of」可能與以下的「in」形成對比。

• Sharon was locked in the classroom for two hours.
Sharon 被鎖在那間教室裡兩個小時出不來。

• Sharon was locked out of the classroom for two hours.
Sharon 被鎖在教室外兩小時進不去。

FOR vs AGAINST

CASE 1 Brent voted for George W. Bush.

Brent 投給了 George W. Bush。

CASE 2 Brent voted against George W. Bush.

Brent 沒投給 George W. Bush，而是投給了其他人。

「for」與「against」能夠如以下例句一起使用。

• Are you for or against George W. Bush?

你支持還是反對 George W. Bush？

• Are you for or against sexism?

你贊成還是反對性別歧視？

This tomato soup has a week to go. *You have to finish it within a week.*

Ok. But I don't really feel like eating today. *Maybe I'll eat it all in two days.*

IN vs. WITHIN

CASE 1 This project could be done in a month.
這計畫可能會在一個月後完成。

CASE 2 This project could be done within a month.
這計畫可能會在一個月之內完成。

尤其，「in」和「within」的使用方法是大家常犯的錯誤，現在在讀者面前假裝很出色、教文法的我，從頂尖大學畢業後進入某公司的海外營業部工作的時候，也有犯過同樣的錯誤。我發給美國買家的 fax 中，應該要寫 within a week（一週內），反而寫成 in a week（一週後），造成對方錯過我們需要的時間點才匯款，差點影響公司。真的很讓人憂鬱，但是（！！）這只是一個介系詞的差異！那誰還敢隨意使用介系詞呢？

CHAPTER

7

在生活英語中遇到的
多種介系詞表達

PREPOSITOINAL
IDIOMS

如果説〈CHAPTER 6〉是偏重於介系詞的文法課程的話，在這一章我們來看生活中常用表達的對話與例句！如果讀者們隨便挑一個介系詞查英文字典就能立刻發現，我在這本書介紹的介系詞相關表達只是巨大冰山的一角（just the tip of a big iceberg!）。但是！！！如果你一點一點地體驗冰山一角，同時培養語感，就能夠感受冰山的整體～結論是，在熟悉介系詞使用方法的同時，也應該要接觸與冠詞類似的其他多樣內容和生動例句，並培養語感！那麼，從現在開始與身為 Tour Guide 的老師我一起去介系詞的旅行（Safari）吧！現在，讀者第一個遇到的介系詞是 in ！

07_01_1

07_01_2

Amon	Excuse me, sir. I'm trying to get to FSU (Florida State University). Am I on the right bus?
Bus Driver	No, we're going **in** the opposite direction.
Amon	Oh, no. What am I supposed to do?
Bus Driver	You need to get off and catch Bus 24 across the street.
Amon	Thank you, sir.
Bus Driver	No problem!

Amon	先生不好意思。我想要去佛羅里達州立大學。我搭的是對的公車嗎？
公車司機	不是。這台公車是反方向。
Amon	喔，不。那我該怎麼辦呢？
公車司機	你要先下車，再到對面搭 24 路公車就可以了。
Amon	謝謝你，司機。
公車司機	不客氣！

就如上述對話一樣，在表達方向的內容中，母語人士會使用介系詞 in。我們再看更多例子……

- The sun rises **in** the east./The sun sets **in** the west.
  太陽從東邊升起。／太陽從西邊落下。

- Are we going **in** the right direction?
  我們現在是往正確的方向嗎？

但是，我教過的許多學生在面對這些例子時，都好像是約好了一樣，不使用「in」而是使用「to」。（「**to** the opposite direction」或是「**to** the right direction」等……）當然，在這些句子中，「to」並不是正確的介系詞，而且站在母語人士的立場上聽起來

也非常不通順。因為我持續接觸到學生的錯誤，同時我仔細地想了其中的理由，我得到的結論是由於兩個文化對方向認知的差異。在亞洲文化圈中，比較傾向以東、西、南、北等的方向為一個支點。結果就是很自然地寫成「往反方向」或是「往正確方向」等表達，因為這個「往」對照英語就會寫成介系詞「to」。相反地，方向（direction）這個單字，查美國的英語字典會出現這個定義：<u>the line</u> along which anything lies faces, moves, etc. 也就是在美國文化圈之中，方向被認為是「串聯往某方向全部支點的線（the line）」，所以結論是把它視為延長線內（in），而不是「往某方向（to）」。既然出現 line 這個單字，那就請讀者來看一下「line」與介系詞「in」一起使用的其他例子吧。

💬 Are you in line?

你在排隊嗎？

Man　Excuse me, ma'am. Are you trying to **cut in line**[1]?

Woman　No, sir. Actually, I didn't know that you were in line. Sorry about that.

---

1. cut in line: 插隊

男子　　小姐，請問一下。你是想要插隊嗎？

女子　　沒有，先生。其實我不知道你在排隊。抱歉。

但「Everyone will come **to** the coffee place.」（每個人都會來咖啡廳）、「I'm on my way **to** the pizza place.」（我在去披薩店的路上）等例子，除了（direction/ the east/ the west/ the north/ the south）之外，是「往某方向走的感覺～」，因此使用 to 是正確的。這個使用方法在口語或是日常生活中是常用的表達，參考許多學生常犯的錯誤後，讓我們來看我投注心血所寫成的下列對話。

07_03_1

07_03_2

Dr. Platt	Good morning, everyone! Today, we're going to cover infinitives and gerunds. Please open your book **to** page 11. On page 11, you will find a chart that shows the difference between infinitives and gerunds.
Student	Dr. Platt, there's no chart on page 11.
Dr. Platt	Oh, I'm sorry. It's actually on page 9. Please turn **to** page 9.
Platt 教授	大家早安！我們今天要來學習的是不定詞與動名詞。請翻開課本第 11 頁。在第 11 頁中，你可以看到不定詞與動名詞差異的圖表。
學生	教授，第 11 頁中沒有任何圖表。
Platt 教授	喔，抱歉。圖表在第 9 頁。請翻到第 9 頁。

在以上對話中，「Open your book **to** page 11」指的是把原本闔上的書本，直接翻到第 11 頁的感覺，所以使用 to。「Turn **to** page 9.」的情況也是有略過 11 頁直接翻到第 9 頁的感覺，所以使用 to 是正確的。但是，在閱讀已經翻開的頁面時，如同「**on** page 11」要使用 on。

最後，Page 是在紙面上，所以可以解釋成某件事被寫在紙上（on）的感覺。與這個介系詞一樣的用法，美國人在平常也喜歡用「We are on the same page.」（同意／我也有相同看法。）這種表達。接下來！

07_04_1

07_04_2

Cynthia	Hey, Erica! I heard you're very good at repairing things. Is that right?
Erica	Excuse me, but what was your name again?
Cynthia	Oh, it's Cynthia.
Erica	Oh, Cynthia! Right! I'm so sorry, but I'm terrible at names. So, is there anything I can help you with?
Cynthia	Something's wrong with my bike, and I'm bad at fixing things.

Cynthia	嘿，Erica！我聽說你擅長修理東西。是真的嗎？
Erica	抱歉，你叫什麼名字？
Cynthia	喔，我是 Cynthia 啦。
Erica	喔，Cynthia！對喔！我很抱歉，但我對記名字真的很不擅長。所以，有任何我可以幫忙的嗎？
Cynthia	我腳踏車好像出了點問題，但我不擅長修理東西。

如同以上的例子，加上 at 表示擅長某事（excellent at, good at, etc.）；或是和不擅長某事（bad at, terrible at, etc.）的表達一起使用。我們再看更多的例句：

- Kimberly is excellent at cutting curly hair.

  Kimberly 很會剪捲髮。

- I don't think girls are bad at math, and boys are better at math.

  我不認為女生不擅長數學，而男生較擅長數學。

115

07_05_1

07_05_2

Waitress Here's your soup and salad.

Customer Thank you. Oh, excuse me, but I'm allergic to cheese. Can I have something else on my salad?

Waitress Sure, what about **croutons**[1]?

Customer Sounds great!

Waitress Anything else? Can I get you something to drink? Tea or coffee?

Customer Well, I'm afraid I'm a little too sensitive to caffeine. May I have some water instead?

Waitress Sure! With or without ice?

Customer With no ice, please.

1. croutons: 油炸麵包丁

服務生	這裡是您點的湯與沙拉。
顧客	謝謝。抱歉,我對起司過敏。可以在沙拉上撒上其他東西嗎?
服務生	當然。油炸麵包丁如何?
顧客	太好了!
服務生	還有其他需要嗎?您需要喝點飲料嗎?像是茶或咖啡?
顧客	嗯,我對咖啡因很敏感。可以請給我水嗎?
服務生	當然。要加冰塊還是去冰呢?
顧客	請不要放冰塊。

如同以上例句,表達「對～過敏、對～敏銳/敏感」的時候,要用「to」。我們再看更多的例句:

• My little boy is allergic **to** strawberries.
我小兒子對草莓過敏。

• I am extra sensitive **to** perfume scents. Some perfumes even give me a headache!
我對香水的氣味非常敏感。有些香水甚至會讓我頭痛!

除此之外，真實生活中還有常用的表達例子，包含介系詞「on」。

07_06_1

Remy Geez, everything's too expensive in this restaurant! I know everything they offer tastes great, but they all **cost an arm and a leg**[1].

Ryan Don't worry about it. **It's on me**[2].

1. cost an arm and a leg: 表示非常貴，貴到要用一條手臂與一條腿來支付的程度。
2. It's on me. = I'll pay for it. 我請客；我來付錢。

Remy 天啊，這餐廳的每樣餐點都好貴！雖然我知道全部的餐點都很好吃，但全都超級貴。

Ryan 別擔心。我付錢（請客）。

07_07_1

07_07_2

Yong-min Gosh, I couldn't pass the TOEFL again!

Abraham Well, **we are in the same boat**[1].

Yong-min You know what? I don't think the TOEFL test can assess my English ability.

Abraham Neither do I. We are on the same page.

Yong-min By the way, have you decided where to go on vacation? Universal studios or Disney world?

Abraham No, I haven't. **I'm still on the fence**[2].

1. We're in the same boat!: 我們在同艘船，表示處在相同境遇
2. I'm still on the fence.: 坐在竹籬上不偏向任何一方，表示尚未做任何決定

英明 天啊，我又沒通過托福了！
Abraham 我也是。
英明 你知道嗎？我不認為托福考試能夠評定我的英語實力。
Abraham 我也這麼認為。我們的想法一樣。
英明 話說，你決定好要去哪旅行了嗎？環球影城還是迪士尼樂園？
Abraham 沒有耶。我還沒做決定。

07_08_1

07_08_2

Shannon	Jenny is such a neat freak! She's been hypersensitive to everything, and I can't take this anymore!
Tanya	Come on, I know she's a kind of clean freak, but she's not that bad.
Shannon	What do you mean by that? I thought you were going to be on my side. Don't you think she's too much? Aren't you going to be on my side?
Tanya	Stop acting like a child! I'm not taking your side. Actually, I'm on no one's side.

Shannon	Jenny 真的有潔癖！她對全部的東西都非常敏感，我再也忍不下去了！
Tanya	冷靜點。我雖然知道她有一點潔癖，但她也沒那麼嚴重。
Shannon	你這話是什麼意思？我以為你會站在我那邊。你不覺得她很超過嗎？你不站在我這邊？
Tanya	別像個小孩子似的！我不會站在你那邊。實際上，我不會偏袒任何一方。

美國人會使用介系詞「on」，來分成你那一方、我這一方。

118

07_09_1

07_09_2

Ellie Did you know that some countries drive on the right and others on the left?

Jenny Is that a fact?

Ellie Yes, it is. I was on a business trip to London, and I was informed that traffic drives **on the left-hand side**[1] of the road in the UK.

Jenny I wouldn't be able to drive there 'cause I'm so used to driving on the right.

1. On the left(right)-hand side: 左手邊、右手邊

Ellie 你知道有些國家是靠右行駛、有些國家是靠左行駛嗎？
Jenny 這是真的嗎？
Ellie 對，是真的。我到英國出差的時候被告知，車輛在英國的道路上是靠左行駛。
Jenny 我在那邊應該沒辦法開車，因為我太習慣靠右行駛了。

老師！我有問題！！
在以上對話中，
如果使用「in」來代替「on」，
例如「**drive in the right**」或
「**drive in the left**」，
這是錯誤的表達嗎？

答案是 Yes！是錯誤的表達。與「♫ 人在左邊，♪ 車或行李在右邊，♪ 好好看一下這裡那裡，♩ 再過馬路吧！」相同，在「on the right」、「on the left」、「on the right hand side」、「on the left hand side」這些表達中，「on」是正確的介系詞用法。但是，如果不是指靠右行駛／靠左行駛的意思，而是在說右車道／左車道的時候，與 lane（車道）這個單字一起使用的介系詞是「in」。如以下的對話，不使用「on」，而是使用介系詞「in」。

07_10_1

07_10_2

Wife	Where are we headed?
Husband	Home Depot, but we gotta stop by Walmart to pick up a stroller.
Wife	Then, you'll need to drive **in** the left lane. Walmart is on the left, and you can't turn left from the right lane.
Husband	You're right! Geez, what was I thinking?

老婆	我們現在要去哪裡？
老公	家得寶，但我們還要去沃爾瑪買嬰兒車。
老婆	那麼，你要走左車道。沃爾瑪是在左邊，而且你沒辦法從右車道左轉。
老公	你說得對！天啊，我在想什麼？

除此之外，雖然有很多很多加上「on」的表達用法，但是把每個例句都一個一個背下來會很無趣，也不可能這樣做。所以，我們來看一下以下的例句，並捕捉那些感覺吧！

- Office supplies are on sale at Target▶.

  現在在 Target，辦公室用品正在特價。

- My supervisor is on vacation now.

  我的主管正在休假中。

- Stop swearing! You are on the air!

  別再罵髒話了！你現在正在上直播！

- Oh, my God! This building is on fire, and the entire city's firefighters are on strike!

  喔，天啊！這棟建築物著火了，但整座城市的消防人員全都在罷工中！

▶ Target: 與沃爾瑪一樣是美國大型零售商店。

120

Q
|
A

以上例句中的介系詞「on」帶給讀者們什麼感覺呢？是好的感覺嗎？

在以上例句中，「on」帶給人的印象是某件事情在進行中的感覺。在下列例句中，我們馬上來練習運用「on」的用法吧。

💬 • The pianist played Beethoven's symphony **on** the piano.

這位鋼琴家用鋼琴演奏貝多芬的交響曲。

• According to psychologists, people lie more **on** the phone than by E-mail.

根據心理學家所說的，人們在電話上比用電子郵件說更多的謊話。

• I'm low **on** cash.

我現金不足。

只是一個介系詞「on」就能有這麼多的例句與多樣的對話，如果這本書全部都只討論介系詞的話，一本是不夠的。最後想再次提醒一下，在這本書中我與讀者們一起學習介系詞的用法，是要培養即使用同一個介系詞也能知道，在各種情境中如何使用的「感覺」。從一個介系詞的例句中努力捉住「感覺」的同時，多多接觸各種不同的句子，也能夠堆積成聖母峰……現在，我已經教了捕魚的方法（how to fish），是否要抓住一條一條散落在各處的魚，就是讀者們的責任了！

努力學習
無冠詞用法的同時，
為什麼會忽略
無介系詞的使用方法呢？

ZERO
PREPOSITION

許多學生在學習冠詞的時候，會特別歸類出
「zero article」，並額外集中鑽研無冠詞的
用法；在學習介系詞的時候，卻有忽略無介
系詞的傾向。但是，我在實際教學的時候發
現，有很多學生會在不用加介系詞的地方加
上介系詞，在這一章，我們來一個一個攻破
看似不是無介系詞（zero preposition）的用
法吧。拍拍！

我教過的這麼多學生，他們經常犯的錯是「discuss about~」。請暫時放下「discuss」在大部分的情境中是當作及物動詞使用的說法，老派的文法說明會說不用加介系詞、直接連接賓語，我們來用更明確簡潔的方式說明吧。用英英字典來查動詞「discuss」，定義是「talk about」。所以「Let's discuss about our plan.」這句話，用其他方式來說，就會是「Let's talk aboutabout our plan.」，形成 Redundancy（重複）的情況，用我們的母語來說，就會像是「在車站前的前面」、「在草房內的裡面」類似的錯誤。用一句話說明 discuss 這個單字，可以簡單理解為已經包含 about 這個介系詞的意思了。我們來看其他有類似用法的單字……

- Enter → Go into

  因此，enter into 是錯誤的用法

- Approach → Move to/towards

  因此，approach to 或是 approach towards 是錯誤的用法

- Resemble → Be similar to/Look like

  因此，resemble to 或是 resemble like 是錯誤的用法

所以，因為「enter」已經包含介系詞 into 的意思，「Why don't we enter into the classroom?」這個句子與「discuss about」的理由一樣，都是文法上的錯誤用法。同樣地，「approach」這個單字因為已經包含介系詞 to 的意思，所以「I tried to approach to her about the job.」也是錯誤的用法。最後，resemble 也是包含 to 的意思，所以如果說「The child does not resemble to his mother.」的話是，叮～錯誤！除此之外，在相同句子中，很多人常犯的錯誤還有「marry with/to」、「lack of」，這些動詞沒有使用介系詞才是正確用法。

- Brad married a famous singer.

  Brad 跟一個有名的歌手結婚。

- Randy lacks communication skills.

  Randy 缺少與人溝通的技巧。

BUT!! 「marry」不是指「與～結婚」意思的時候，有可能會使用介系詞。省略說明，我們直接來看例句：

- Mr. & Mrs. Johnson married **off** all their daughters.

  Johnson 夫婦把他們全部的女兒都嫁出去（幫女兒找對象結婚）。

- Are you married **for** love or **for** money?

  你是為了愛而結婚，還是為了錢而結婚呢？

我想到現在讀者們已經充分理解無介系詞在文法上的面貌，現在我們來嘗試一下在特定對話中生動活潑的表達吧！

08_01_1

08_01_2

Zhao	I really want to enter Harvard, but it seems almost impossible for me to pass the TOEFL.
Ryan	Are you sure English is the only problem you have now?
Zhao	Yup! I'm positive!

Zhao	我真的很想進入哈佛大學，但要通過托福測驗對我來說好像不太可能。
Ryan	你真的確定英文是你現在唯一的問題嗎？
Zhao	對！我確定！

Ryan	Then, why don't you discuss the problem with your English teacher, Roger?
Zhao	Well, that sounds like a plan, but he looks so authoritative, and I really don't know how to approach him.
Ryan	I know what you're talking about, but he is not as severe as he appears.
Zhao	OK, I'll discuss my problem with him. Thanks for the tip.
Ryan	Anytime! That's what friends are for!

Ryan	那麼，為什麼你不要跟你的英文老師 Roger 討論這個問題呢？
Zhao	嗯，這是個好方法，但這個老師看起來非常有權威，我不知道要怎麼去接近他。
Ryan	我知道你在說什麼，但這個老師不像外表那樣嚴肅。
Zhao	好吧，我會跟他討論我的問題。感謝你的建議。
Ryan	隨時！我們是朋友啊！

08_02_1

08_02_2

Angelina	Will you marry me? I wanna marry you and give birth to a baby who resembles you.
Brad	I'm very fond of you as well, but I don't have enough money to settle down and raise a family now.
Angelina	I don't think you lack money. You just lack passion!

Angelina	你會跟我結婚嗎？我想要跟你結婚、生個跟你很像的寶寶。
Brad	我也很喜歡妳，但我現在沒有足夠的錢定下來養一個家庭。
Angelina	我不認為你缺錢。你只是卻乏熱情！

但是！！！！！！！！！！！

有些動詞很明確可以決定是否要加介系詞；相反地，在英文中也存在動詞可以加或不加介系詞。因為加不加介系詞都沒有關係，所以就沒有學習的必要了嗎？還有一個問題是，加上介系詞與不加介系詞，動詞的意思會改變。最具代表性的例子是，不被人信任的政治人物常用的動詞，「請相～信我」（believe）。

08_03_1

08_03_2

Wife	Oh, my God! Why is this room so messy?
Husband	I'm trying to reorganize everything and clean up the place.
Wife	Is everything under control?
Husband	Yup! I've got it handled. Believe me, honey.
Wife	Are you positive? Can you really clean up this mess all alone?
Husband	Hey, I just told you to believe me. Gosh, **give me a little credit**[1]!

1. Give me a little credit.: 請相信我

老婆	喔，我的天！為什麼這間房間這麼亂？
老公	我試著要重新整理每個東西、打掃這間房間。
老婆	你可以做好每件事嗎？
老公	當然！我可以處理好的。相信我的話，老婆。
老婆	真的嗎？你真的可以自己打掃這間亂七八糟的房間嗎？
老公	嘿，我不是告訴過你要相信我。拜託，就相信我一下吧！

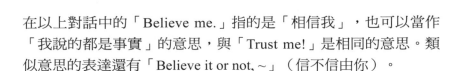

在以上對話中的「Believe me.」指的是「相信我」，也可以當作「我說的都是事實」的意思，與「Trust me!」是相同的意思。類似意思的表達還有「Believe it or not,～」（信不信由你）。

但是，believe 這個單字連接介系詞「in」，會形成「相信～的存在」、「相信～的能力」，或是「相信～的價值」的意思。

08_04_1

08_04_2

CASE 1 相信～的存在

Remy　I think there's a ghost in my apartment. I'm horrified! I'm so freaked out! Please do something for me!

Emile　I'm sorry, but there's nothing I can do but pray. Let's pray to God.

Remy　God? I'm afraid that I don't believe in God.

Emile　Excuse me? You believe in ghosts, but you don't believe in God? What kind of nonsense is that?

Remy　我覺得我的公寓有鬼。我很害怕！我嚇壞了！請幫幫我吧！
Emile　很抱歉，我能做的只有祈禱。我們來跟上帝祈禱吧。
Remy　上帝？很抱歉，但我不相信上帝的存在。
Emile　什麼？你相信鬼的存在，卻不相信上帝的存在？這是什麼謬論？

08_05_1

08_05_2

CASE 2 相信～的能力

Raziah　Mom, there's a reading assignment, and I don't think I can do this by myself. Can you please give me a hand?

Mom　OK, but let me take a look at it first. Hmm... Raziah, I think you can do this on your own. Why don't you just give it a try first? And if you still can't, I'll help you out.

Raziah　Mom, it looks so difficult for me, though.

Mom　You can do it! I believe in you!

Raziah	媽媽，我有項閱讀的作業，但我不覺得我一個人做得來。可以請你幫我嗎？
媽媽	好，先讓媽媽大略看一下。嗯……Raziah，媽媽覺得你可以自己完成這項作業。你先自己試試看吧？如果到時再沒辦法的話，媽媽再幫你。
Raziah	媽媽，可是這看起來對我來說很難。
媽媽	你可以的！我相信你（相信你的能力）！

`CASE 3` **相信～的價值**

Faith	Greg proposed to me, and I said, "Yes".
Annie	But you just got divorced!
Faith	My ex-husband and I are not meant for each other, but I still believe in marriage. In any case, let's hope for the best!

Faith	Greg 跟我求婚，我答應了。
Annie	但你才剛離婚沒多久耶！
Faith	雖然我前夫跟我並不適合彼此，但我仍然相信結婚的價值。無論如何，讓我們來往好處想吧！

Intern	Thank you for letting me observe your class, Mr. Kott.
Mr. Kott	It was my pleasure. I believe in my teaching method and want to share that with many other teachers.

實習教師	Kott 老師，感謝你讓我參觀你的課。
Mr. Kott	這是我的榮幸。因為我相信我的教學方法有效果，所以我想要與許多其他的老師分享。

到現在我們觀察了以動詞為中心的無介系詞用法，在時間表達的情況下也是有無介系詞的用法。

典型的例子是，表示時間的名詞與 this、that、any、last、next 等一起使用的時候不加介系詞。例如，「in the morning」、「in the afternoon」、「on Monday」、「on Friday」等表達，如果與 this 一起使用的話，就要刪除介系詞 in 和 on，形成「this morning」、「this afternoon」、「this Monday」、「this Friday」。當然「that」也是一樣也要刪除介系詞，形成「that morning」、「that afternoon」、「that Monday」、「that Friday」。而 any、last、next 也全～部都一樣！！

接下來，無介系詞的第二種用法！！現在讓我們開始，不混亂地來與一個個生動活潑的例句與對話一起開心地學習吧！

♫♫ Step by step~ Oh baby~ gonna get to you Pre~position! Step by step~ Oh baby~ really want you in my world~ ♫♫

一步一步～喔寶貝，我會等你，介～系詞！一步一步～喔寶貝，如果你來我世界的話就好了～

—New Teacher On the Block

08_08_1

08_08_2

Emma	I'm exhausted! I usually get up at 7:30 **in** the morning, but I needed to get up at 5 this morning.
Meg	What for?
Emma	Because I had to turn in my term paper **in** the afternoon.
Meg	So, do you still wanna see me this afternoon?
Emma	I'm afraid I can't. Can we make it another day?
Meg	No problem at all! When's the best time for you?
Emma	Let's do it **on** Friday!
Meg	Aren't you usually busy with many things **on** Fridays?
Emma	Not really. I just had a dinner appointment **last** Friday, but I'll be available **next** Friday. In fact, from

now on, I'll be available any Friday!

Meg   **Okie dokie! Then, I'll see you on Friday!**

Emma   我好累！我通常在早上 7:30 起床，但我今天早上需要在 5 點起來。

Meg   為什麼？

Emma   因為我下午要交學期報告。

Meg   那今天下午還要跟我見面嗎？

Emma   抱歉，今天好像沒辦法。我們可以其他天再見面嗎？

Meg   當然沒有問題！你什麼時候可以？

Emma   我們星期五見吧！

Meg   你通常不是星期五有許多事情要忙嗎？

Emma   沒有。我上週五只有一個晚餐約會，但我下週五有空。其實，之後我每個星期五都有空！

Meg   好唷！那我們週五見。

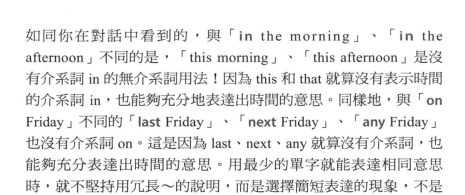

如同你在對話中看到的，與「in the morning」、「in the afternoon」不同的是，「this morning」、「this afternoon」是沒有介系詞 in 的無介系詞用法！因為 this 和 that 就算沒有表示時間的介系詞 in，也能夠充分地表達出時間的意思。同樣地，與「on Friday」不同的「last Friday」、「next Friday」、「any Friday」也沒有介系詞 on。這是因為 last、next、any 就算沒有介系詞，也能夠充分表達出時間的意思。用最少的單字就能表達相同意思時，就不堅持用冗長～的說明，而是選擇簡短表達的現象，不是只有在英語中出現，這是世界上所有的語言都會有的現象！這正是「語言的經濟性」。來救經濟吧！救經濟！！

老師！我有問題！！
因為「this」、「that」、「any」全部都是指示代名詞，
所以我知道這些情況可以不用另外連接定冠詞「the」，
但我有看過「last」和「next」變成「the last」、
「the next」，是有連接冠詞的表達。
那這樣到底是要連接冠詞、還是不要連接冠詞呢？

正確答案，Again，依照情境的不同而改變～
知不知道「只有 next」和「the next」；「只有 last」和「the
last」的微小差異，取決於是否使用進階英語，還是只是傳達意
思程度的英語之間的極大差異。請在下段對話中直接體會這又小
又大的差異……如果還是有讀者從上下文中感覺很模稜兩可的
話，那請參考我很親切地解說吧。那麼，親切地峨永老師，麻煩
妳給例句！

08_09_1

08_09_2

CASE 1

Shawn　　I don't know what classes to take next semester.
　　　　　Have you ever attended any of Dr. Chang's classes?

Paul　　　Yes, I have. I took Dr. Chang's civil engineering class
　　　　　in the fall semester, 2007. It was so challenging to
　　　　　me, but I could somehow manage it. Amazingly, I
　　　　　took another civil engineering class **the** next
　　　　　semester, and I got an A with ease!

Shawn　　我不知道下學期要選什麼課。你有上過張教授的任何一門課
　　　　　嗎？

Paul　　　有，我上過。在 2007 年秋季學期中，我有上過張教授的土木工
　　　　　程。對我來說是非常有挑戰的課，但我還是順利完成。很神奇
　　　　　的是，我下學期選了另一門土木工程，結果我很容易就拿到 A
　　　　　了！

Shawn 所說的「next semester」，因為是以現在為基準的下學期，所以不需要加上 the。而 Paul 所說的「**the next** semester」用我們的話來說也是指**下學期**，但不是以現在為基準的下學期，而是**具體表示某時間點為基準的下個學期**。再說明一次，不是只是籠～統地說下個學期，而是指「Paul 在 2007 年秋季學期時上過張教授的課的**下個學期**」，因此 next 需要連接使其具體化的 the ▶。

CASE 2

Brian   I'm terribly hungover. I am so quitting drinking this time.

Daniel   Do you really mean it?

Brian   Of course, I mean it! Give me a little credit!

Daniel   Did you already forget what happened at Gina's birthday party? You drank a lot that day, and you said exactly the same thing **the** next morning.

Brian   Alright, next time when I party, you'll see a different man!

Brian	我宿醉得很嚴重，這次真的要戒酒了。
Daniel	你是講真的嗎？
Brian	當然，我是認真的！相信一下我的話吧！
Daniel	你已經忘記在 Gina 生日派對上發生的事了嗎？你那天喝很多，而且隔天早上也說了同樣的話。
Brian	好啦。下一次我參加派對的時候，你會看到我不一樣的面貌。

最後一句中，Brian 說「next time」，這是以現在為基準點，籠統地說「下一次參加派對的時候」，所以沒有和 the 連接。

▶ 如果對能使具體化的定冠詞 the 用法還很生疏的話，請參考 Chapter 1 和 Chapter 4。

與 Daniel 說的「**the** next morning」不同，不是指明天早上，而是「Brian 在 Gina 生日派對上喝很多酒的**隔天早上**」，所以 next 會需要連接使其具體化的 the。現在我們來看下個例子，最後，Last~

CASE 1

Jerry	Where were you last night?
Simon	Last night? Oh, I was bored to death and went to Costco.
Jerry	Are you out of your mind? Cathy was waiting for you for an hour last night! She thinks you **stood her up**[1]!
Simon	Oh, my God! I totally forgot about my date with her. Why am I so forgetful and absented-minded?
Jerry	Are you asking me that question?

1. stand ~ up: 故意（對某人）失約；放（某人）鴿子

Jerry	你昨晚在哪裡？
Simon	昨晚？喔，我快無聊死了，所以去了好市多。
Jerry	你瘋了嗎？Cathy 昨晚等你等了一個小時！她覺得你放她鴿子！
Simon	喔，我的天啊！我完全忘了跟她有約會。為什麼我這麼健忘、失神呢？
Jerry	這種問題你問我？

「last night」是在日常生活中很常聽到的表達！因為是以現在為基準點回推到深夜，所以是昨晚！因此 the 沒有與 next 和 last 連接，可以用現在為基準點來解說。和 last year（去年）、last month（上個月）、last weekend（上週末）、last Wednesday（上星期三）等情況類似……

08_12_1

08_12_2

CASE 2

Jerry So, how was your trip to Europe? Did you guys have fun there?

Simon It was amazing! Particularly, **the** last night in Paris was fantastic!

Jerry 所以,你的歐洲之旅如何呢?
你們在那裡好玩嗎?

Simon 那裡很棒!特別是在巴黎的
最後一晚真的是很不真實!

與(Case 1)很不同的是,在(Case 2)中不是指昨天晚上,而是指「在巴黎的最後一晚」。因此如果要說具體「～的最後一晚／在～的最後一晚」的時候,「the next night」是正確的用法。再舉一個例子,在表達上次課程中學了什麼的時候,要說「last class」!阿爾封斯·都德的《最後一課》「The Last Class」!因為當時法國在戰爭戰敗的緣故,所以德國佔領鄉下後,頒布了往後法語課只能教德語的命令,如果這堂法語課是最後一堂的話,會是充滿淚水的一堂課!這正是「那」最後一堂課「The Last Class」!

到現在,我講到嘴破,不對,為了說明比到手磨破的所有內容,都是來自兩位曾經教過所有文法的英文歌手老師,他們是 Wham!(不是Ham)

💬 ♫♪ Last Christmas, I gave you my heart. But **the** very next day, you gave it away. This year, to save me from tears, I'll give it to someone special~ ♫♪

(以現在為基準點)去年的聖誕節,我將我的心託付給你。但就在(**去年聖誕節的**)隔天,你就把它丟棄了。**今年**,我不會流淚,我會把我的心交給一個特別的人～♫♪

Wham – Last Christmas

135

Last Christmas,
I gave you my heart.
But the very next day, you gave it away.
This year, to save me from tears,
I'll give it to someone special~

136

如你所看到的，以上歌曲中所出現的時間，幾乎都省略介系詞。理由一樣，也就是我一直用盡全力說明的，是因為 last、next、this 等是指示代名詞的緣故！如果沒有指示代名詞的話，應該會跟「on Christmas」、「on the day」、「in the year」等有介系詞的情況一樣……

最後，除了這些以外，還有很多學生會在不應該加介系詞的單字加上介系詞，這些單字有「home, downtown, upstairs, downstairs」。在美國大使館前示威的人們叫「洋基隊，Go home！」，但他們不說「洋基隊，Go to home！」。我們來看一下其中的原因吧。

這些單字的特點是它們全部都能夠當作名詞，也能夠當作副詞。也就是，「home」雖然可以是名詞「家」；但也是能夠當作副詞「往家的方向」；「downtown」雖然可以是名詞「市中心」；但也是能夠當作副詞「往市中心的方向」。同樣地「upstairs/downstairs」可以是名詞「樓上／樓下」；但也是能夠當作副詞「往樓上／樓下的方向」的意思。問題是因為在日常生活中，當作副詞比當作名詞的情況更多，所以只在名詞前面加上的介系詞通常會省略。

老師！我有問題！那樣的話，
可不可以把介系詞寫成
「I will go to my home!」、
「I came to my home!」
並表示：「我把『家』當名詞使用，
而不是當副詞使用。」
這個論點成立嗎？不管如何，
「home」不只可以是名詞，也可以是副詞嘛。

如果那麼主張的話，這句子在文法上可能是正確的。儘管如此也無法否認，這個用法聽在母語人士耳裡會非常不通順。像這種無法用文法知識去說明的情況，我會用語言學理論來解說。如何？從文法的方面來看，因為以上的單字皆可以是名詞也可以是副詞，所以提供讀者以下兩個選擇。

選擇 1：這些單字當作名詞使用的時候，全部都與介系詞和冠詞連接，形成長～的句子。
選擇 2：這些單字當作副詞使用的時候，全部都不與介系詞和冠詞連接，形成短～的句子。

這時候，美國人百分之百全都會選擇第二個選擇。為什麼？因為能夠用簡短的單字表達相同意思，那為什麼一定要長篇大論呢？這種不一定要選擇說冗長句子而選擇簡短句子的現象，是因為「語言的經濟性」，不只出現在英文之中，在世界上全部語言中都有這項基本特性。來救經濟吧！救經濟！！是不是好像在哪裡常看到的說明呢？這是我在第 131 頁中說過的話，為了要複習所以再重複一遍。用英語說表達的話就是 copy and paste！

那麼，我相信我有充分回答到問題了，現在我們來看包含以上單字的活用對話吧。

08_13_1

08_13_2

Zian	Mom, I'm home!
Raziah	Mom's not home. She went grocery shopping when I came home.
Zian	Got it. So, how was your day, Raziah?
Raziah	Pretty good! You know, my office recently moved downtown, and working downtown is lots of fun!
Zian	I wanna work downtown after graduation as well.
Raziah	The investment firm I'm working for is actually

hiring some interns, and I have the information booklets upstairs. Do you wanna check it out?

Zian　Sure! Thanks!

Raziah　**No prob**[1]! I'll go upstairs and get you the booklets.

Zian　Sweet! Then, I'll rustle up some grub downstairs!

---

1. No prob. = No problem.

Zian　媽媽，我回來了！

Raziah　媽媽不在家。她在我回來的時候去雜貨店買東西了。

Zian　知道了。所以你今天過得如何，Raziah？

Raziah　非常不錯！最近我們辦公室移到市中心，在市中心工作很有趣！

Zian　我畢業後也想要去市中心工作。

Raziah　其實我現在工作的投資公司有在徵實習生，我樓上有相關資訊的手冊。你要看嗎？

Zian　好啊！謝謝！

Raziah　不客氣！我去樓上幫你拿手冊。

Zian　好！那我到樓下去準備點吃的！

然而「downtown」的情況是，如果後面接城市名稱的話，會和「in」一起使用：

- This is the list of the major buildings **in** downtown Chicago.

  這是芝加哥市中心的主要建築清單。

- He works for a law firm **in** downtown Miami.

  他在邁阿密市中心的一間律師事務所工作。

對學習英文有幫助的
外語學習理論 2
必須要理解才能活用！

（接續輕鬆一下 1）

但是，給予以及接收訊息的行為（meaningful interaction）是我們不斷地體驗，卻無法說明的許多英語習得現象。我遇到美國老公結婚後，一直住在美國，常與美國人「meaningful interaction」，也認識合法留在美國的一位韓國老婦人，很驚訝的是這位婦人的英語實力居然不到韓國中學生的程度。還有在美國住了將近 20 年的一對韓國夫婦，開了以美國人為顧客的洗衣店，他們的情況也差不多。因此，就算在美國住了很長的歲月，為什麼他們日常用英語對話，卻連正確的 Grammar-in-use，或是連豐富地英語表達也無法習得呢？

當然，對他們來說有許多原因與理由，我大概可以從 Krashen 的第二語言習得理論中得到答案。首先，Krashen 所說的 meaningful interaction（給予、接收訊息的對話）過程中，能夠語言習得的必要條件正是「comprehensible input」（可理解性輸入 ▶）。例如，在聊天的時間，與美國講師用

英語傳送與接收訊息的時候，為了要習得老師所使用的表達與文法，學習者必須要達到某個理解程度才行～換句話說，就算對英語學習者傾倒許多種的英語表達，假如英語學習者一點都不理解，大部分的表達很難觸及到習得的程度！

為了讓讀者們更容易理解，來舉個具體的例子。我有位英語不好的朋友，在美國漢堡王點餐的時候，漢堡王員工問：「For here or to go?」。因為這位朋友來美國沒多久，再加上英語不太好，所以他完全不懂那是什麼意思，因此反問：「Pardon me?」，漢堡王員工又再重複了一次。即使這次漢堡王員工很緩慢並且一個字、一個字說：「For here or to go?」，但他還是完全！！完全地！！聽不懂。幸好那位很親切的漢堡王員工再次用更簡單英語，慢慢地詢問（paraphrase）他：「Are you going to eat here, or...」直到這時候，朋友才馬上理解「For here」與「to go」的意思，並很有自信地大聲回答：「For here!!!!」當然，在這之後，他不管去哪個餐廳都能毫無困難地理解、活用這種表達。

因為他是在那個當下、那個地點理解那個用法，同時直接習得。但這也是託漢堡王員工的福，把朋友不懂的表達轉換成能夠充分理解的 input，才能使朋友習得了那個用法。

▶ 在語言教育中，input 的意思是指對語言學習者輸入任何語言的樣本。例如，英語講師跟學習者對話時所使用的英語句子、給學習者聽的英語檔案，或是學習者所看的英語書籍等，將所有形式的語言樣本暴露給學習者，都可以視為 input。

WOW~ NO~
必須要到某個理解程度才能完成習得，並增加實力。

必須要無條件聽許多英語才能增加聽力的實力嗎？

Krashen

好，那現在我們來做個有趣的假設。萬一，如果漢堡王員工沒有轉換成其他句子，只是一味地重複許多次「For here or to go?」的話，這位朋友能夠理解這句話的意思嗎？雖然不知道他之後會不會在其他地方理解這個用法，但是在這個當下、這個地點的朋友會感到很難堪。為什麼？因為他完全無法理解這個句子，就算說了數十次或數百次也不會理解。雖然看了幾個極端的例子，但這裡正是 Krashen 先生所說的，也就是**不管輸入多少量的 input，如果學習者的程度還無法理解的話，這大部分的 input 會很難連結到習得的事實**。因為我們親切的漢堡王員工把朋友不清楚「For here or to go?」的用法，轉換為小學生也理解「Are you going to eat here?」的簡單用法，所以朋友就能理解並同時習得那個用法。根據 Krashen 的理論來說明的話，這正是漢堡王員工向朋友輸入可理解（comprehensible）的 input。至少在這個情況，可以把漢堡王員工視為完全實踐

「input 理論」的最佳英語老師。

那麼 Krashen 是不是在跟我們說，我們只能無條件用簡單可理解的英語嗎？如果讀者這樣理解的話，這裡有個小測驗！現在我們假設，我的朋友在那天是已經理解「For here or to go?」用法的狀態去漢堡王。所以在這個假定的情況之下，請看一下預期可能會發生以下的對話，並回答之後的問題……

（問題）
在以下的對話中，有實踐語言習得呢？還是沒有實踐語言習得呢？

漢堡王員工：For here or to go?
　　　朋友：For here, please.
漢堡王員工：$15
　　　朋友：Here it is.
漢堡王員工：Thanks, Have a nice one!
　　　朋友：Same to you! Bye~

員工：您要內用還是外帶呢？
朋友：內用，謝謝。
員工：總共 15 元。
朋友：在這裡。
員工：謝謝，祝你有美好的一天！
朋友：你也是！再見～

看完這段對話覺得如何呢？這時他已經理解或習得這個用法，並可以從口中說出此用法，但我們可以看出，在那個時間和場合並沒有可以學習新字彙或表達的機會。換句話說，在以上對話中無法實踐語言習得。所以，答案是 NO 習得！換言之，在以上對話中，朋友在那個時間與情況之中，沒有機會習得新的用法，也沒有增進英語實力。結論就是如此簡單！

簡單而言，Krashen 告訴學習者確認 input 和習得的連結，並不是很困難，**也不是很簡單的事情，但學習者應該要使用比現在的實力更難一點的英文**。我認為，讓學習者也能夠理解整體的內容，同時包含新的項目，在這種情況下，學習者能自然地理解整體內容，並習得新的項目。這裡所說的新項目可以是新的文法結構、新的字彙，或是新的表達用法。不管這是什麼，Krashen 將其稱之為最理想的 input，難度是「i＋1」（i plus 1）。這裡的「I」是指 input 的意思；「1」則是指學習者能夠習得的新語言項目的意思。所以，新項目「＋1」是最合適的程度。

我能夠理解 Krashen 的理論是，為了要有效率地習得，就必須要調整 input 的難易度。所以若輸入比學習者現在的程度還難一點的英語文法或表達，學習者能夠理解其 input 並很容易地習得，因此不要太貪心執著於比自己目前實力還困難許多的書或最進階的英語課程，因為這是比較辛苦卻又沒有效果的學習。相較之下，我想跟你說，在申請補習班課程，或是在書店購買英語教材的時候，學習者必須要自己主動並積極進取地選擇對於自己適當的難度。不會太難，也不會太簡單的程度，這才是對自己最理想的「i＋1」。只有學習者本身才最理解自己的實力，不是嘛！

如此，在英語教育上，「i＋1」是學習者與教育者應該要一起找出來的青鳥。吉爾和梅蒂兄妹離開家去找徬徨的青鳥（幸福），其實是一直在他們身邊的小鳥，所以要增進英語實力的祕訣並不是在很遠的地方。別太有野心，也別只專注於遠方，一步一步地累積自己的實力（i＋1 接著 i＋1……）才是正確的祕訣，同時這也是增加英語實力的鑰匙。不是 i＋100，而是 i＋1，請讀者記住這個的事實……

CHAPTER

9

'To be' or 'Being', that's the question!
（不定詞與動名詞）

GERUNDS & INFINITIVE

在我們的母語中，動詞要轉換成名詞的功能
時，不必做任何變化，我們只要判斷句子中
這個詞彙的詞性是動詞還是名詞。例如：「由
衷的感謝」，此處「感謝」就是由動詞轉變
成名詞。然而，在英語的情況是有動名詞
（~ing）與不定詞（to~）兩種選擇。因為這
兩種選擇，我們在學習英語的時候，會面臨
到許多問題。

事實上動名詞和不定詞在主詞的位置時，不論用哪個皆不會有問題。所以可以說「Teaching English is my dream job.」（教英語是我的夢想工作。）或是「To teach English is my dream job.」（教英語是我的夢想工作。），不論使用哪個皆不會有問題。但如果一～定要說差異性的話，**動名詞主要是在較輕鬆的對話中使用；to 不定詞則主要在正式對話中使用。**因此在朋友之間的日常對話中會經常聽到主詞使用動名詞；相反地，如果在聽像是總統或政治人物演說時，會看到 to 不定詞做為主詞使用的現象。不論如何，在文法上不管怎麼寫都沒關係，所以不需要太煩惱。

但！是！！提及到受詞時，問題就會浮現了。有的動詞是只能以動名詞當作受詞；相反地，有的動詞則是只能以 to 不定詞當作受詞，所以必須要小心、再小心地使用。我在準備入學考試「那個時期」的英語老師們，只列出幾個只使用動名詞／不定詞當受詞的動詞，而且只取單字前面字母的開頭來背！叫我們背起來耶！哎～喲……因為是用這種方式叫我們學習，所以我們的英語教育只有在「入學考試地獄」之上或之下的程度。此外，人類的左右腦也不是什麼都能夠記憶的電腦。再次說明，負責我們語言習得的左右腦，只取單字前面的開頭來背的話，在用英語說話或寫作的時候，就無法成為自然地使用動名詞或 to 不定詞的系統。那我們應該要如何學習讓人頭痛的動名詞與 to 不定詞呢？在「我的英語教室中」會用其他方法來嘗試說明。

首先我們來理解，在什麼情況是動名詞做為受詞使用，又在什麼情況是 to 不定詞做為受詞使用，語言學者發現了幾個特性。

在完美理解其中的用法之後，我們可以透過接觸相關多樣的例句，來培養針對動名詞與不定詞的使用語感。來，現在開始來集中學習更高層次的課程。

「動名詞主要使用在過去發生的事情（Past）、現在同時發生的事情（Present），或是實際上發生或正在發生的事情（Real）等。相反地，to 不定詞比起動詞主要使用在實際上未來會發生的事情（Future）、腦袋裡所想的抽象事物（Abstract），或是假定情況（Hypothetical / Conditional）。」

要注意的事情是，在這裡所說的「未來」、「現在」、「過去」不是指像動詞時態的絕對時間。雖然有點嘮叨，還是要再說第二次，動名詞與 to 不定詞本身是無法表示時間的。在這些句子中，因為是當成名詞的功能，所以當然無法像動詞一樣與時間一起使用！也就是，能夠理解為時間必須以把它們當作受詞的動詞而定。那麼，上面所說的過去、未來、現在到底是指什麼呢？這是指將不定詞／動名詞當作其受詞的動詞，是更強調之前發生的事情（過去）、同時間發生的事情（現在），或是之後未來會發生的事情（未來）。也就是說，**該動名詞／不定詞是發生在將它們當作受詞的動詞的相對時間概念中**！如果有讀者無法清楚理解的話，請再一次集中精神從頭到尾地讀一遍吧。就算那樣，還是無法理解的話，請不要苦惱，就繼續看接下來的例句並慢慢理解吧。當然，如果有讀者已經理解 to 不定詞與動名詞在文法中的情境使用（Grammar-in-Context），請直接忽略這些文法說明吧～那麼，雖然說動名詞主要使用在過去與現在，這到底是什麼意思呢？我們來看接下來的例句吧。

Past
Present
Real

-ING

TO-

Future
Abstract
Hypothetical/Conditional

148

💬 I miss **talking** with my grandmother.

我懷念跟奶奶聊天的時光

miss（懷念～）－只使用動名詞做為受詞的動詞。人們在懷念之前發生的事情時才會用懷念。所以能夠當作 miss 受詞的就是在過去發生的動名詞！在例句中也是，懷念之前與奶奶分享（**talking with my grandmother**）的事情，也就是懷念（miss）之前所發生的事情！因此在例句中，動名詞比把它當作受詞的動詞發生在更過去的時間點，如同下面這句「I'll miss **talking** with my grandmother.」，就算整體上下文使用其他時態，事實也是不會改變。所以「miss」在任何時態都是接只表達過去的動名詞當作受詞。為了可能還有無法理解的讀者「買一送一，再給一個例子！」；用英語來說是 Buy one get one free!

💬 **Kimberly celebrated winning the international piano competition.**

Kimberly 慶祝在國際鋼琴比賽中得獎。

celebrate（慶祝～）－只使用動名詞做為受詞。人們在慶祝時只能慶祝之前發生的事情。在例句中也是，動名詞（**winning the international piano competition**）比把它當作受詞的動詞（celebrated）的時間點發生在更之前！在下列的例句中也是，動名詞比動詞更強調是過去發生的事情，如「Kimberly is celebrating winning the international piano competition.」、「Kimberly will celebrate winning the international piano competition.」等，不管動詞「celebrate」用何種時間表示，也無法改變事實。所以「celebrate」當然是只能接上表達過去的動名詞當作受詞！

來，我相信到現在～我所說的話，讀者們大致可以理解了，那現在開始，針對要介紹的例句，我會用簡單和 Cool~ 的簡短說明帶過。所以請集中精神繼續看下去！

💬 When are you gonna finish **writing** your master's thesis?
你什麼時候要完成你的碩士論文？

finish－這是只使用動名詞做為受詞的代表性動詞！在完成之前只能夠把某件事做結尾。再次說明，finish 之後會連接某個受詞，也就是在 finish 之前（過去）所做的事情！所以，只有在過去出現的動名詞才能當作受詞！

💬 Mr. Kim wants to give up **drinking** so badly.
金先生非常想要戒酒。

give up（放棄某個習慣）－這是只用動名詞做為受詞的動詞！不管是要戒酒、戒菸、或是放棄其他事情，在放棄（give up）時只能放棄掉某件持續做的事情。所以，只有在 give up 之前（過去）所做的事情才能當作受詞！

💬 Have you ever tried to quit **smoking**?
你有曾經試著去戒菸嗎？

quit－這也是只使用動名詞做為受詞。為什麼？因為是與「give up」同義的單字，所以用同樣的邏輯來看。邏輯，來玩吧～

💬 The thief admitted **taking** the money.
小偷承認偷錢。

admit（承認）－這是只使用動名詞做為受詞的動詞！人們只能承認（admit）之前自己所犯的錯誤。所以，「admit」同樣只能接表示過去的動名詞。

但是，請等一下！！！這時候，如果想要清楚強調「**taking** the money」比「admit」發生得更過去，可以使用完成式形態的動名詞（**having taken** the money）。再說明一次，「The thief admitted having taken the money.」，「錢被拿走」這項事實完全鎖定在 admit 之前。針對完成式動名詞，等到我們講到完成式的時候再毫不猶豫地破解吧，現在先簡單看過、略過。

💬 He denies **lying** to us.

他否認對我們說謊。

deny（否認）－只使用動名詞當作受詞！與「承認」這個單字一樣，否認也主要是針對否認之前（過去）所發生的事情。有些人否認持續發生到現在的事情，因此只能夠使用表示過去與現在的動名詞。如果要清楚強調在否認之前（過去）說謊這項事實，可以使用完成式動名詞（having lied to us），也就是：「He denied **having lied** to us.」

💬 I enjoy **shopping** at the mall.

我享受在購物中心購物。

enjoy－只使用動名詞做為受詞。在享受某件事情的時候，「享受」（enjoy）與享受的事物（shopping）皆是同時（現在）發生。所以只能夠使用表示現在的動名詞來當作受詞！

💬 **Where are my keys? I keep losing them.**

我的鑰匙在哪？我一直搞丟它們。

keep－只使用動名詞做為受詞。在這句例句中，「keep」與「losing」發生在同一個時間點（現在），所以只能使用表示現在的動名詞！

現在已經看過動名詞，我們也來看一下 to 不定詞吧。**與表示過去和現在的動名詞不同的是，to 不定詞是表示未來的事情……** Of course，這個「未來」的概念是將不定詞當作受詞的動詞的相對時間概念。

💬 **He offered to help me carry these bags.**

他提議要幫我拿這些袋子。

offer－只使用 to 不定詞做為受詞的動詞！提議（offer）之後連接幫忙。「offer」之後連接「**to help**」，不定詞「**to help**」比動詞「offer」更著重在未來會發生的事情。所以，只能用表示未來的不定詞當作受詞。

💬 **Mr. & Mrs. Johnson have decided to have a baby.**

Johnson 夫婦已經決定要生小孩了。

decide－只使用 to 不定詞做為受詞的動詞！決定（decide）之後連接決定要做的事情（to~）。在例句中，不定詞「**to have a baby**」比動詞「have decided」更著重在未來會發生的事情。所以，只能用表示未來的不定詞當作受詞。

💬 I didn't mean **to offend** you.

我不是故意要冒犯你。

mean（故意）－只使用不定詞做為受詞的動詞！故意（mean）後面接上故意要做的事情（to~）。所以，只能使用表示未來的不定詞！

💬 I'm aiming **to finish** this book by the end of December.

我的目標是在 12 月底之前讀完這本書。

aim（以～為目標）－只使用不定詞做為受詞的動詞！以～為目標的事情（to~）是表示決定那項目標之後的動作。在例句中，「**to finish** this book」比「I'm aiming」發生在更未來的時間點。所以，只能使用表示未來的不定詞！

💬 We agreed **to sign** the contract.

我們同意要簽這份合約。

agree（同意～）－這也是只能使用不定詞的動詞！因為是同意（agree）～之後再做同意的事情（to~）。在例句中，「**to sign** the contract」也是比「I'm aiming」發生在更未來的事情。所以，使用只能使用表示未來的不定詞！

💬 Promise me **not to be** late. – I promise **to be** here on time from now on!

答應我不要太晚回來。－我答應從現在開始都準時回來！

promise－這也是只使用不定詞的動詞！約定的事情（to~）是在約定（promise）之後再做。在例句中，「**not to be** late」和「**to be** here on time」比「promise」發生在更未來的時間點！所以，使用表示未來的不定詞！

到這裡請等一下！！！就如同前面所看到的一樣，to 不定詞的否定是在前面加上 not 就可以了。為什麼，這不是哈姆雷特說過的話嘛！

"To be or **not** to be, that's the question!"（是生存還是毀滅，這是個值得思考的問題！）不只是哈姆雷特，在披頭四的歌詞中也有出現過這種文法！♪♪ Listen! Do you want to know a secret? Do you promise **not** to tell? Whoa, oh oh, Closer! ♪♪（聽！你想知道一個祕密嗎？你能答應不要說出去嗎？喔嗚～喔，靠近一點吧！）

啊哈！所以，「I will do anything to be with her!」（我會為了跟她在一起做任何事！）這句子中的 to 不定詞要以否定表達的話，就直接 to 不定詞在前面加上 not 即可。例如，「I will **not** do anything to be with her!」（我不會為了跟她在一起做任何事！）……▶

不是只表示未來，to 不定詞也在描述抽象概念（換句話說，不是實際上發生的事情，而是在腦袋中所想的事情！）的時候出現……有個簡單的例子是，韓國某個團體的名字 wanna be（wanna be: wanna to be）～

💬 What do you want **to be** when you grow up?
- I want **to be** a dinosaur!
你長大想要當什麼？－我想要當恐龍！

如果讀者是剛開始學英語一個月，如同我們已經知道的事實，want 只能以 to 不定詞當作受詞！現在我們來一起理解這個事實！在想要（want）某個東西的時候，想要的事情（to~）不是實際上發生，而是在腦袋中所想的事情。所以做為抽象概念時是使用 to 不定詞。有類似意思與相同邏輯的 wish（期望）或是 hope（希望）也都是一樣的概念！因為期望或希望的事不是實際發生的事情，而是在腦袋中所想的抽象事情。

▶但是在美式英語的 casual speech（輕鬆談話）中，not 與 to 不定詞會經常出現。（例如：「to not be」、「to not go」, etc）當然在正式對話中，依照文法原則會更好。

- These immigrant laborers wish **to earn** more than the minimum wage.

  這些移工希望能賺得比最低薪資還要多。

- I hope **to see** you sometimes very soon.

  我希望很快就能偶爾和你見面。

💬 The entrepreneur **seems** to *have money to burn.

這位企業家似乎錢多到花不完。（*have money to burn: 錢多得花不完）

seem－只使用不定詞當作受詞的動詞！「似乎～」不是實際上發生，而是說話者這樣認為，並不是真的，而是抽象的概念！也就是在例句中，說話者不知道企業家是不是有錢人的事實。因為「seem」不做為事實或是實際上的證據，而是根據說話者想法的抽象概念，因此可能會出現以下對話。

09_01_1

09_01_2

Alexandra	Young-ju seems to have deep pockets.
Elizabeth	What makes you think so?
Alexandra	'Cause she always carries brand name handbags.
Elizabeth	That's interesting because I know she has been financially struggling for a long time.
Alexandra	What? Does that mean she's not rich?
Elizabeth	Not even close!

Alexandra	瑛珠似乎是有錢人。
Elizahbeth	你為什麼那樣想？
Alexandra	因為她總是拿名牌包包。
Elizahbeth	真有趣，因為我知道她已經有很長一段時間在財務上有困難。
Alexandra	什麼？這麼說她不是有錢人囉？
Elizahbeth	還差得遠呢！

She

SEEMS

TO have

deep

pockets.

所以在以上對話中，Alexandra 說瑛珠是有錢人只是猜測而不是事實。因此「seem」只使用表示抽象的不定詞當作受詞！

💬 I can't take this anymore! He's pretending **to be** sick again!

我無法再忍了！他又再裝病了！

pretend（假裝～）－只使用不定詞做為受詞的動詞！也就是說，這不是實際的事實，而是「假裝」的抽象概念！所以只使用不定詞當作受詞！

💬 Honey, I'm afraid we can't afford **to buy** a new house at this time.

親愛的，恐怕我們現在沒有辦法負擔買新房子的錢。

afford（負擔～的錢／時間）－只使用 to 不定詞做為受詞的動詞！不是指實際上負擔～的錢／時間的事實，而是在腦袋中所想的事情並在討論時所說的話。在這時候，當然要使用表示抽象概念的不定詞！

💬 Why does his boss always refuse **to listen** to him?

為什麼他的老闆總是拒絕聽他的話呢？

refuse（拒絕）－拒絕某個行為代表那件事情實際上沒有發生，所以會被當作抽象概念。抽象＝to 不定詞！

到現在，雖然我所解釋的是動名詞、不定詞的語言學特徵，但事實上，這不像數學公式一樣 100% 正確。人們所使用的語言並不像數學、科學公式一樣完美，因為語言和人類一樣不穩定！即使如此，如果你學會了不定詞與動名詞的特徵，我能夠保證這對理解許多情況的用法會有幫助。

到現在所學習的動詞是，只使用動名詞當作受詞，或只使用 to 不定當作受詞，是只能夠選擇一種的有原則的傢伙。但是，在英語中還有選擇這個、那個，或是任一選擇、無原則的動詞。問題是使用這些不定詞與動名詞的時候，意思有時侯會 180 degrees 大轉變。但是 HAKUNA MATATA!!! It means no worries!! 在學習這些動詞的時候，活用我告訴你的方法也能夠熟能生巧……那麼當作是讀者服務，我前面所提及的內容用圖表整理給你……

動名詞	不定詞
過去 現在 （實際所發生的事情）	未來 抽象概念 （非實際發生的事情， 腦袋中所想的事情）

記住這些特徵的同時，讓我們一起來看例句吧。

「Remember」能夠將動名詞與不定詞當作受詞，但是不管使用哪個，意思都會 180 度轉變。

09_02_1

09_02_2

CASE 1

Jung-ah Do you remember **going to the World Cup Stadium** with me?

In-kyu No, I don't remember **going to the World Cup Stadium.**

Jung-ah How come you don't remember that? You almost cried when Ji-sung Park made a goal in the second half that day!

In-kyu Oh, yeah! The game between Korea and Portugal! Now I remember!

貞娥　你記得有跟我去過世足體育場嗎？
仁圭　不，我不記得有去過世足體育場。
貞娥　你怎麼會不記得？那天在後半場朴智星進球的
　　　時候，你不是差點要哭了嘛！
仁圭　喔，對！那場是韓國對上葡萄牙！現在我記得了！

09_03_1

09_03_2

CASE 2

Do-jun I'm leaving for the US tomorrow. Is there anything I should remember in particular?

Graham Let's see. Oh, remember **to leave tips** at restaurants in America.

Do-jun OK, I'll keep that in mind. Anything else?

斗俊　我明天要動身去美國。有什麼事情要特別記得的嗎？
Graham　我想想看。喔，在美國的餐廳記得要給小費。
斗俊　知道了，我會記得的。還有其他的嗎？

拼音相同而且意思也相同的 remember 在（Case 1）中將動名詞當
作受詞；在（Case 2）中則是將不定詞當作受詞。

如同第 158 頁的圖表所示，動名詞表示過去；不定詞表示未來。在（Case 1）中因為記得「過去去過世足體育場的事實」，所以使用動名詞當作受詞；在（Case 2）中因為記得「未來要給小費的建議」，所以使用不定詞當作受詞。所以在這時候，如果選擇錯誤的話，句子的意思會完全改變，因此必須要小心、再小心！為了想要理解到底有什麼不一樣的讀者們，我們就來交換以上句子的不定詞、動名詞，並分別解說交換的部分吧。

• Do you remember **going to the World Cup Stadium** with me?
→ Do you remember **to go to the world Cup Stadium** with me?

「你記得有跟我去世足體育場嗎？」的句子把動名詞換成 to 不定詞的話，意思就會變成「你記得要跟我去世足體育場（以後；未來）嗎？」。

• ⋯remember **to leave tips** at restaurants⋯
→ Remember **leaving tips** at restaurants.

如果把「（以後；未來）記得在餐廳要給小費」的句子中把 to 不定詞換成動名詞的話，會變成「（過去）記得在餐廳給了小費的意思」的意思。

* remember 的反義詞 forget 也是一樣！附註，不管是同義詞或反義詞皆有相同的文法結構。

09_04_1

09_04_2

09_05_1

09_05_2

CASE 1

Laurel Honey, I'm leaving! Don't forget **to put the kids to sleep at 9.**

Doug All righty, don't forget to **lock the door** when you leave.

Laurel 親愛的，我現在要離開了！
別忘記九點要哄小孩睡覺。

Doug 知道了。別忘記出去的時候要鎖門。

CASE 2

Paul Honey, which one is for John's birthday? There are two wrapped gifts here on the table.

Ah-young Both of them are for John.

Paul Then, why didn't you put them in one big box together?

Ah-young What happened was that I hadn't remembered **buying his gift** last week and bought another one this afternoon.

Paul 親愛的，哪一個是要給 John 的生日禮物呢？桌上有兩個包好的禮物。

峨永 兩個都是要給 John 的。

Paul 那為什麼你不要都把它們都放在同一個大箱子呢？

峨永 為什麼會這樣是因為我忘了（沒有記得）上週有買他的禮物，所以今天下午又買了一個。

forget 未來必須要做的事情，或是 forget 過去必須要做但實際上還沒發生的事情（抽象）要使用**不定詞**；forget 過去實際發生的事情的話，要使用**動名詞**。所以（Case 1）中的哄小孩睡覺或是鎖門，都是說不要忘記未來要做的事情，因此使用 to 不定詞。

161

對照（Case 2）忘記上週買過禮物的事情，也就是忘記實際發生的事，因而使用動名詞。在這裡需要注意的事情是，比起使用「had forgotten」的表達，使用「hadn't remembered」的表達會更顯得自然！當然，兩者的意思都相同。

「regret」這個單字也是可以將動名詞與不定詞兩者當受詞使用。我們都知道這個單字是「後悔～」的意思，但也有「覺得遺憾～」的意思。所以這會依照使用單字意思的不同來改變受詞的使用。

這裡先來個小測驗！在什麼意思的時候要選擇哪一種受詞呢？
正確答案：「後悔」的時候用動名詞；「覺得遺憾」的時候用 to 不定詞！來，因為後悔之前是只有後悔之前（過去）發生的事情，所以使用表示過去的動名詞！這樣說雖然較容易理解，但覺得遺憾又是什麼呢？面對這些像猜謎一般的文法，果然是要透過使用的對話才能理解！例子啊，Help!

09_06_1

09_06_2

Justin Due to the economic crisis, many people are having financial difficulties here in Florida. Moreover, I tried to apply for jobs almost everywhere, but it was fruitless. What is the job situation in California?

Benny Here as well, people are getting laid off, and it's pretty tough for me to get a job. I applied to the state government, and the very next week they sent me an E-mail that says, "We regret **to inform** you that we are unable to employ you based on our hiring criteria." The problem was I didn't have a good GPA.

Justin	I kept telling you to be more serious about your studies!
Benny	Say no more! I regret **not studying hard**, and I regret **partying** too much! Are you happy now?

Justin	因為經濟危機的緣故，在佛羅里達這裡有許多人經濟困難。此外，我試著到處投履歷，但都沒有結果。在加州的就業狀況如何？
Benny	這裡也是一樣，人們被解雇，我也很難找到工作。我申請了州政府的職缺，但隔一個禮拜他們就寄給我一封信說：「很遺憾要告知您，基於我們的採用標準，我們無法雇用您。」這個問題就是我的 GPA 分數沒有很好。
Justin	所以我不是告訴你要更認真面對你的學業嘛！
Benny	別再說了！我對沒有認真讀書感到後悔，而且我也很後悔常去派對！可以了嗎？

Benny 的最後一句話是針對沒讀書（regret **not studying hard**），或是常去派對（regret **partying** too much）等行為感到後悔，這都是之前、過去做過的事情！但是在州政府所寄的郵件中「We regret **to inform** you that~」的表達是「我們很遺憾地通知您～」，這是在不管是大學落榜，或是求職沒成功等，通知不好結果的時候會在信件開頭寫的表達用法。這裡因為先發生了覺得讓人遺憾的事情，雖然遺憾，還是要告知～之後（感到遺憾之後）發生的事情。所以，感到後悔的時候用動名詞；感到遺憾的時候用不定詞！

stop 是以動名詞當作受詞。因為只能夠停止之前（過去）所發生的事情，所以表達過去發生的事情當然是使用動名詞當作受詞！但問題是有時 to 不定詞不是做為受詞而是做為副詞（副詞用法）的功能，這種情況可說明為「為了要做～事而停止」（stop to ~）。所以，這時候的 to 不定詞能夠看做是停止後（未來）要做的事情。用一句話來解釋就是：在 stop 之前所發生的事情，因為是過去，所以用動名詞！stop 之後發生的事情，因為是未來，所以用 to 不定詞！

09_07_1

09_07_2

Britney My husband is such a heavy smoker. I think he's addicted to smoking. The other day, we were jogging together, and guess what? He just ran half a mile and stopped to smoke.

Katie Are you serious?

Britney What is more, he smoked inside the house this morning, and when the kids started to cough, he stopped smoking!

Katie Geez, he seems too much.

Britney 我老公真的是老菸槍。我覺得他好像抽菸成癮了。有一天,我們一起跑步的時候,你知道發生什麼事情嗎?他跑半英哩就停下來去抽菸了。

Katie 真的嗎?

Britney 而且,他今天早上在室內抽菸,當小孩開始咳嗽的時候,他才停止!

Katie 我的天阿,他似乎抽太多了。

如此,有些動詞在使用動名詞與不定詞的時候,雖然沒有像上述的例子一樣「180 度」意思大轉變,但它們的意思也會稍微改變……喜歡、愛、討厭這些單字,寫成英文是「like」、「love」、「hate」!當然,這種情況到現在也是如同東海水盡、白頭山崩,一直學習運用的話,就能夠很容易地理解。**動名詞用在實際行為;不定詞用在想法(抽象概念)**,為了再次提醒你這個事實,我們來看以下對話吧。

09_08_1

09_08_2

Richard Hi, Gorgeous! Would you like to dance with me? (想法)

Jackie I'm sorry, but I don't usually like dancing. (實際行為)

Richard 嗨,美女!你想要跟我跳一支舞嗎?

Jackie 很抱歉,但我不怎麼喜歡跳舞。

在以上對話中，Richard 詢問 Jackie 是否要跟自己跳舞。也就是說，這裡的「**to dance** with me」不是實際行為而是想法，因為是表達的想法，所以要使用表示抽象概念的不定詞。相反地，Jackie 所說的是不喜歡跳舞的這個行為，因此在這裡的「**dancing**」不是想法，而是指實際上不喜歡跳舞這個行為！換句話說就是「I don't usually enjoy dancing.」，所以要用表示實際行為的動名詞。

Janis	Schola's birthday is this Saturday. Would you like to throw a surprise party for her at your house?
Maria	I'm afraid my house is not available this time.
Janis	I thought you liked throwing parties.
Maria	Yeah, I usually enjoy giving parties, but my in-laws are coming to visit us this weekend.

Janis	Schola 的生日是在這星期六。你想要在你家裡為她辦個驚喜派對嗎？
Maria	恐怕這次我家沒辦法開派對。
Janis	我以為你喜歡開派對。
Maria	對，平常我喜歡開派對，但我公婆會在這週末來拜訪我們。

Janis 的第一句是詢問有沒有開派對的想法。也就是，「throw a surprise party」不是指實際行動，而是詢問點子／想法如何，所以要使用表示抽象概念的不定詞！相反地，Janis 的第二句話不是指想法，而是詢問是否喜歡開派對的實際行為，所以要使用表實際行為的動名詞！

165

我們看過了動詞連接不定詞與動名詞會改變一點點意思，或是完全改變意思的各種例句，讀者們應該確實有培養了使用語感。再次說明，在確實抓到語感之前，我們需要不停地閱讀多種例句。

除此之外，還有使用不定詞與動名詞也不會改變意思的 begin、start 等動詞，事實上，不管選前者或選後者都沒有很大的差異，所以不需擔心這類動詞。

最後，還有不是動詞，也不是 to 不定詞，而是只有動名詞能做為受詞的單字，正是介系詞。換句話說，**介系詞後面總是只接動名詞、不會連接不定詞**。因為 to 不定詞和介系詞 to 兩個長得一樣，如果在介系詞後面又加上這個傢伙的話，語言的形式會顯得不通順，所以從語言上來看，加上動名詞會顯得更加自然。如果讀者已經理解的話，我們透過對話來確認一下吧。

09_10_1

09_10_2

Jim: So are you looking forward **to** seeing your parents this summer?

Alex: Yes, I am. But, then again, I'm afraid **of** disappointing them.

Jim: Oh, nonsense! You're a wonderful son. What are you afraid of exactly?

Alex: My parents are so demanding, and they expect a lot from me. It's very hard for me to **live up to**[1] their expectations.

Jim: Then, why don't you tell them how you feel?

Alex: I don't know how to communicate with them. Besides, I'm not good **at** convincing people.

Jim: If you keep **on** doing what you're doing now, you're never gonna change anything. Life never changes if you don't change yourself.

---

1. live up to~: 不辜負；符合

Jim: 所以你期待這個夏天能夠見到你父母嗎？

Alex: 對。但另一方面，我很怕會讓他們失望。

Jim: 胡說！你是個很棒的兒子。你到底在怕什麼呢？

Alex: 我父母對我要求很多，也對我期待很多。讓我很難符合他們的期待。

Jim: 那為什麼你不要跟他們說你的感覺呢？

Alex: 我不知道要怎麼跟他們溝通。而且，我不擅長說服別人。

Jim: 如果你持續做你現在做的事情，你永遠不會改變任何事。如果你不改變你自己，人生永遠不會改變。

10

to不定詞
是英語文法界的
LeBron James

TO-INFINITIVES

如果說到美國職籃的綜合球員是 LeBron
James，那在英語文法中的綜合球員當然就
是 to 不定詞。如同〈Chapter 9〉中所看到
的，to 不定詞和動名詞一樣，放到主詞、受
詞、補語位置的時候，不是只有名詞功能，
還有能夠修飾名詞或代名詞的形容詞功能。
此外，to 不定詞因為是可以修飾動詞、形容
詞，還有修飾整個句子的副詞角色，所以就
算是綜合球員也沒有這麼綜合的球員。如果
它是籃球選手的話，也一定能夠與 LeBron
James 一較高下的。加～油～加油！那麼，
在 The first half（上半場）我們來集中看 to
不定詞當作名詞功能的球員模樣吧。

10_01_1

10_01_2

Kim To study in America has always been my dream, but it seems almost impossible to accomplish that dream.

Lee You're brilliant and have a gift in linguistics. What's the problem?

Kim The problem is money.

Lee Yeah, money matters all the time. Wait a second. Isn't your uncle a multi-millionaire? Why don't you just ask him to financially support you?

Kim Are you nuts? It's a sheer waste of time to ask him such a favor. Besides, even if he says 'yes', it's not that easy to trust him.

Lee Why is that?

Kim He seems to be a very giving person when he's in a good mood, but when he's in a bad mood, it's like, "Hello, Mr. Scrooge!" What's worse, he keeps changing his mind literally every single day.

Lee So are you gonna just give up?

Kim Nope! It's pretty challenging to **be a working student**[1], but I have confidence in myself. I'll show everyone that I can do it myself!

Lee I believe in you, my friend! Heaven helps those who help themselves.

---

1. be a working student: 半工半讀的學生

金小姐 在美國讀書一直是我的夢想。
但是好像是無法實現的夢想。

李先生 你很聰明又有語言天賦。還有什麼問題？

170

金小姐	問題是錢。
李先生	對，錢一直都是個問題。等等，你叔叔不是億萬富翁嗎？為什麼你不跟他請求金援呢？
金小姐	瘋了嗎？跟我叔叔拜託那件事根本是完全在浪費時間。此外，就算他真的答應要幫忙，要信任他也是很難的一件事情。
李先生	為什麼那樣說？
金小姐	他在心情好的時候似乎是非常慷慨的人，但在他心情不好的時候，就會像一個「小氣財神」！而且更糟的是，他簡直每天都在改變主意。
李先生	所以你就要這樣放棄了嗎？
金小姐	沒有！雖然當半工半讀的學生會是個挑戰，但是我對我自己有信心。我會證明給大家看，我自己可以做到！
李先生	我相信你，我的朋友！天助自助者也！

在以上對話中，大部分的 to 不定詞是在 Chapter 9 中所學到的～放在主詞或受詞的位置上，確實地在句子中展現名詞的功用。這些都是在 Chapter 9 中有看過的內容，所以跳過！但 to 不定詞還有其他功能，把這些傢伙看做是一列集合吧。集合！

- It **seems almost impossible** to accomplish that dream.
- It's **a sheer waste of time** to ask him such a favor.
- It's **not that easy** to trust him.
- It's **pretty challenging** to be a working student.

在國、高中時，我們把這種句構比喻為名牌包包，分為「真品」與「假貨」，把真的主詞（真主詞）和假的主詞（虛主詞）分類學習。簡單來說就是，在說明句子的時候，能夠很輕易明白真主詞是 to 不定詞；但是實際在主詞位置的「it」傢伙佔～據了位置不讓位。所以把這些換成我們看起來更自然的句子的話，

💬 • To accomplish that dream **seems almost impossible.**
  • To ask him such a favor **is a sheer waste of time.**
  • To trust him **is not that easy.**
  • To be a working student **is pretty challenging.**

現在我可以告訴你！事實上，這個 to 不定詞是主詞！那樣的話，為什麼「it」虛主詞這種稀有的句構會這麼囂張地出現在英語中呢？我下了個結論是，因為這是英語的語言特性。Geoffrey Leech 博士在《A Communicative Grammar of English》中有提到，英語這個語言中有「End-Focus」和「End-weight」的特性，這是指在英語句子中，傾向會把較有意義或有重量的部分往後擺。在語言中較有重量的部分是指，包含許多單字的長「句」或是「節」。大體來說，因為英語句子的頭似乎比中文句子的頭較小。所以，to 不定詞做為主詞如果太～長的話，會先讓「it」以虛主詞的身分放在主詞的位置，之後包含許多單字而且有重量的 to 不定詞會放在句尾。賣假包包的地方，也有賣假錢包！如果有假的主詞，當然也會有假的受詞：

💬 • I found it **really boring** to be home alone all day long.
  • Bush made it **possible**（for Korean people）to travel to the United States without a visa.

在這些例句中，假受詞讓「it」擺放在受詞的位置；真受詞的 to 不定詞放在句尾。因此不用擔心，直接解說「it」即可。

- 我覺得整天一個人在家真的很無聊。
- 布希使（讓韓國人民）可以去美國旅遊免簽證變得可行。

好，現在已充分理解這個構造的狀態，我們再看一次金小姐與李先生的對話吧。這次你可以看出與文法架構一起應用的表達⋯⋯

除此之外，to 不定詞能夠加在疑問詞後面形成名詞子句：

💬 · I don't know what to do and where to go.
我不知道該怎麼做跟該往哪去。

· Grandma taught me how to make radish Kimchi.
奶奶教了我怎麼做蘿蔔泡菜。

· Could you please tell me how to get there?
可以請你告訴我該怎麼去那裡嗎？

現在進入 The second half（下半場），現在我們來看一下 to 不定詞是怎麼扮演其他角色，又是怎麼形成的。在下半場剛開始，我們來看一下不定詞當作修飾名詞與代名詞的形容詞身分吧。觀察重點是 to 不定詞當作形容詞時，後面連接接受修飾的名詞／代名詞。

10_02_1

10_02_2

Dad	While Dad's cooking, why don't you go and play with your toys?
Charlie	But Dad, I don't have any toy **to play with**.
Dad	OK, but you have a lot of books **to read** and movies **to watch**, so do whatever you want to.
Charlie	Then, can I watch "Oldboy"?
Dad	No, Charlie! The movie is not for your age. You know that you can only watch a PG-13▶ movie. Why don't you watch "The Way Home"?
Charlie	No, I don't feel like watching that movie. Dad, can you please buy me some video games **to play**?

爸爸	在爸爸煮飯的時候,你為什麼不要去玩你的玩具呢?
Charlie	但爸爸,我沒有任何玩具可以玩。
爸爸	好吧。但你有很多書可以讀、電影可以看,所以做你想要做的事情吧。
Charlie	那我可以看「原罪犯」嗎?
爸爸	不可以,Charlie!這部電影不是你年紀可以看的。你不是知道你只能夠看 13 歲才能看的電影嘛。看「有你真好」怎麼樣?
Charlie	不要,我不想要看那部電影。爸爸,你可以買給我電玩遊戲嗎?

▶ PG 是「Parental Guidance」的縮寫,PG-13 是指適合 13 歲觀看的電影。

在對話中有許多名詞(toy, books, movies, video games)接受 to 不定詞的修飾。如同前一頁所提到的,像是 toy **to play with**(玩的玩具)、books **to read**(讀的書)、movies **to watch**(看的電影)、video games **to play**(玩的電玩遊戲)等,**to** 不定詞在這些名詞後面做修飾。不僅適用於名詞,也適用於代名詞!

175

Erwin	Hey, Ross! Come on in.
Ross	Man, it's an oven out there! I'm fried!
Erwin	Can I get you something **to drink**? Something very cold?
Ross	Yes, please. Any type of **thirst quencher**[1] will do.
Erwin	Then, would you care for some cold lemonade?
Ross	Super! Is there anything **to eat** as well? I'm starving to death!
Erwin	I'm afraid there's nothing **to eat** in the fridge, but we can order some food online if you want to.
Ross	Thanks a bunch! You're the best!

1. thirst quencher: 解渴的飲料

Erwin	嘿，Ross！進來吧。
Ross	老兄，外面根本是個烤爐！我被烤焦了！
Erwin	你有想要喝點什麼嗎？很冰涼的飲料？
Ross	好，麻煩了。只要是能夠解渴的飲料都好！
Erwin	那涼的檸檬水可以嗎？
Ross	當然好！有吃的東西嗎？我快餓死了！
Erwin	很抱歉，冰箱裡沒有可以吃的東西， 但如果你想要的話，我們可以在網路上點餐。
Ross	真的太感謝了！你最棒了！

如同對話中所看到的一樣，to 不定詞不只能修飾名詞，還能在 something、anything、nothing 等後面做修飾。但是，實際上 something、anything、nothing 這些都是以 thing、thing、thing 做結尾～♫ 不只是 to 不定詞，一般形容詞也是能後在**後面**做修飾。剛剛 Erwin 不是說了嘛！他不是說「Very cold something」而是說「something very cold」！針對這些 Thing's Family 與形容詞的組合，會在形容詞的部分仔細地討論……

不管如何，to 不定詞不只能修飾名詞與代名詞，同時也能當作修飾動詞、形容詞、修飾整個句子等的副詞球員角色～

10_04_1

10_04_2

Graham	Excuse me, what was your name again?
Yu-ho	Oh, it's Yu-ho, and I'm from South Korea.
Graham	I'm sorry, Yu-ho, but I'm terrible at names. So what brought you here?
Yu-ho	I came to America to study criminology. What about you? Are you from here?
Graham	No, I'm from Toronto, Canada. I came here to be with my girlfriend. She goes to FSU. So do you go to FSU as well? I heard FSU has a very good PhD program in criminology.
Yu-ho	I'm trying to, but it's really hard for me to get into FSU.
Graham	What's the biggest obstacle?
Yu-ho	The TOEFL! I just don't know how to improve my TOEFL score.

Graham	不好意思，你說你名字是什麼？
俞浩	喔，我是俞浩，我從韓國來的。
Graham	抱歉，俞浩。我不是很擅長記名字。所以你為什麼來這裡呢？
俞浩	我來美國學犯罪學。那你呢？你是這裡的人嗎？
Graham	不，我從加拿大多倫多來的。我想跟我女朋友在一起所以來到這裡。她讀佛羅里達州立大學（FSU: Florida State University）。你也讀佛羅里達州立大學嗎？我聽說佛羅里達州立大學的犯罪學博士學位很優秀……
俞浩	我想要去讀，但對我來說我很難申請到 FSU。
Graham	最大障礙是什麼呢？
俞浩	是托福測驗！我不知道該怎麼增加我托福測驗的分數！

Graham	I don't know about the TOEFL exam, but I understand that you should use and practice **English** to improve your English skills.
俞浩	Thanks for the tips. I'll take your advice. I'll do **anything and everything** to get into FSU.
Graham	I'll cross my fingers for you!

Graham	我不太了解托福測驗，但我知道你應該常使用練習英文去增加你的英語實力。
俞浩	謝謝你的建議。我會接受你的忠告。為了要進入佛羅里達州立大學，我會嘗試任何方法。
Graham	我會為你祈求好運！

在以上對話中，to 不定詞做為修飾整體句子的副詞功能。與「為了跟女朋友在一起」（to be with girlfriend）、「為了學習犯罪學」（to study criminology）、「為了增進英語實力」（to improve your English skill）、「為了進入佛羅里達州立大學」（to get into FSU）這些不定詞相同，可以解釋為「為了要做～事情」。在這情況下，將「to～」替換成「in order to～」，也能夠明確表達。也就是說，將句子換成以下例句也會是表達相同的意思！

- I came here in order to be with my girlfriend.
- I came to America in order to study criminology.
- …you should use and practice English in order to improve your English skills.
- I'll go anything and everything in order to get into FSU.

我認為 to 不定詞所擁有的功能中，這種副詞功能是最簡單的，理由就是不～用思考，只是在完成的句子後面加上 to 不定詞即可。我會給你看證據，所以請看以下的例句吧。

- **She goes to the gym twice a week.**
  她一週去健身房兩次。

- **I watch American sitcoms.**
  我看美國情境喜劇。

- **He bought a bunch of flowers.**
  他買了一束花。

在以上的每句例句接上「為了減重」、「為了增加聽力技巧」、「為了要跟老婆和解」，每個句子只要保持原形，並在後面加上一個 to 不定詞即可。

- **She goes to the gym twice a week** to lose weight.
  為了減重，她一週去健身房兩次。

- **I watch American sitcoms** to improve my listening skills.
  為了增加聽力技巧，我看美國情境喜劇。

- **He bought a bunch of flowers** to make up with his wife.
  為了要跟老婆和解，他買了一束花。

你覺得如何？如果你覺得英文很簡單的話，就會很簡單～
除此之外，我們來看 to 不定詞當作副詞的用法所組成多種表達的 Dialogue 吧。

(On TV)

Anchor   The police arrived there only to find that an unidentified man ran off after setting off the fire. To make things worse, the weather was very dry and... (TV screen goes blank!)

Scott   Uh-oh, I think we're having a **blackout**[1].

Quincy   It's too dark to see. Worse yet, it's pitch-dark outside tonight. Shoot, it looks like the whole city is having a blackout.

Scott   I'm looking for the flashlight, and it's nowhere.

Quincy   Don't bother **fumbling for**[2] the flashlight. It ran out of batteries, anyways. Hey, what's this? I feel something here under this table. Oh, it's a lighter! This lighter flame is bright enough to see things in this room.

---

1. blackout: 停電
2. fumble for: 摸黑

（在電視節目上）

主播　　警察到的時候只找到某個身分不明的男子在放火之後逃走。讓事情更糟的是，天氣非常乾燥而且……（電視螢幕變黑）

Scott　　糟了，好像停電了！

Quincy　根本黑到看不見。更糟的是，今天晚上黑漆漆的。慘了，看起來整個都市好像都停電了。

Scott　　我在找手電筒，但都找不到。

Quincy　別摸黑找手電筒。反正電池也沒電了。喔，這是什麼？好像有東西在桌子底下。喔，是打火機！這個打火機的火有足夠的亮光看清楚這間房間的所有東西。

180

「only to~」照句子來解釋的話，意思會是「只不過是～」，這是在表示做某個動作但沒成果的時候使用。在以上主播所說的句子中也是能看出，雖然警察抵達現場，但 only to~ 後面所連接的內容是沒有任何的成果。為了要幫助讀者理解，所以我們再看更多例句：

💬 • Harry studied very hard only to fail the bar exam.
Harry 非常努力學習，律師考試卻落榜了。

• He drove all the way to New York only to find that his girlfriend was going out with another guy.
他一路開車去紐約，卻發現他女朋友跟另一個男人約會的事實。

「To make things worse」表示「讓事情更糟」的意思，與「to be honest」（實話說）、「to make a long story short」（長話短說）等表達一樣，是其中一個以不定詞形成的慣用語表達！最後在「It's **too dark to see**.」中，跟你所看到的一樣，「too~ to~」（太～以至於無法～）的句子中，就算沒有「not」也能解釋為否定意味。過猶不及……「enough to~」為「足以～」的意思，可以修飾形容詞。就這樣，Good enough! 比賽結束！
雖然比賽已經結束，但還有剩下延長賽！在延長賽中，我會讓你看 to 不定詞做為綜合球員的精髓！我們一起來看 to 不定詞做為名詞、形容詞、副詞功能的活躍性吧。

10_06_1

10_06_2

Sarah Greg and Gloria are getting divorced, and I'm so disappointed at Greg! How can he do this to her?

Elsie I don't know what to say. All I can tell you is I'll take no one's side. You know, **it takes two to tango**[1].

Sarah I'm not talking about the divorce itself. To make a long story short, Gloria will get **custody of their children**[2], but Greg is not willing to pay any **child support**[3]. We all know that he has money to burn.

Elsie Where did you hear that? It's really interesting to see how the rumor mill works.

Sarah It's not a rumor; I overheard their conversation.

Elsie Come on, Sarah! It's not nice to eavesdrop.

Sarah Please don't get me wrong! I didn't eavesdrop on their conversation. I accidently overheard what they were saying.

Elsie In any case, the law is going to take care of it, so don't be so nosey! Leave it alone!

Sarah I don't want to be nosey, but I need to be nosey this time. Gloria tried everything (in order) to improve their relationship. Last year, she **went overboard**[4] preparing for Greg's birthday party only to find that he had gone on a birthday trip with his ex-girlfriend. He was obviously **cheating on**[5] her.

Elsie Is that true? Does he think he's too good to be her husband or what?

Sarah Yeah. I guess Gloria decided that **enough was enough**[6].

1. It takes two to tango: 兩個人才跳得成探戈；一個巴掌拍不響；雙方都有責任
2. Custody of their children: 子女監護權
3. Child support: 子女贍養費
4. go overboard: 做過頭
5. cheat on~: 對～不忠
6. enough is enough: 真是夠了！

Sarah	Greg 和 Gloria 離婚了，我真的對 Greg 很失望！他怎麼可以這樣對她？
Elsie	我不知道要說什麼。我能夠告訴你的是，我不會站在某一方。你也知道，一個巴掌拍不響。
Sarah	我現在不是說離婚本身。長話短說就是，聽說 Gloria 得到小孩的監護權，但 Greg 到現在都不願意支付小孩的贍養費。我們不是都知道他是有錢人嘛。
Elsie	你從哪裡聽來的？看到沒證據的傳聞傳開真的很有趣。
Sarah	不是傳聞。我無意間聽到他們的對話。
Elsie	你看，Sarah！偷聽真的是不好的事情。
Sarah	請不要誤會我的話！我不是偷聽他們的對話，而是意外聽到他們說的話！
Elsie	不管怎樣，法律會處理這件事，所以你也不要愛管閒事。就那樣吧。
Sarah	我也不想愛管閒事，但我這次必須這麼做。Gloria 嘗試每件事，為了要改善他們的關係。去年也做了很多要準備 Greg 的生日派對，卻發現 Greg 已經跟前女友一起去生日旅行了。他很明顯對他老婆不忠。
Elsie	那是真的嗎？他是覺得自己太優秀，所以無法當她的老公嗎？
Sarah	對。我想 Gloria 也覺得受夠了而下了結論。

到現在為止，你已經看到在之前比賽中當作名詞、形容詞、副詞功能的綜合球員 to 不定詞，他活躍的表現。但是，即使 to 不定詞有名詞、形容詞、副詞的功能，他也是動詞出身！因此，一定有人做才會形成 to 不定詞的動詞。如果那個人在句子中很容易看出是誰的話，美國人會說「不說是誰也知道～」，而選擇不說。例如，在「I want to make the decision as soon as possible.」（我想要盡快做決定。）因為能夠很清楚知道在句子中，「to make the decision」（做決定）的人是我（I）的事實，所以不一定要說出

I want *you* to make the decision A S S O O N A S *possible.*

那個人是誰。這時，如果「to make the decision」是其他人的話，當然就要標示出來。為什麼？因為如果沒說的話，就不會知道是誰！

💬 • I want you to make the decision as soon as possible.
　　我希望你能盡快做決定。

• I want him to make the decision as soon as possible.
　　我希望他能夠盡快做決定。

• I want Mrs. Robinson to make the decision as soon as possible.
　　我希望羅賓森太太能夠盡快做決定。

在 to 不定詞前面加上 you、him、Mrs. Robinson 等即可，這不是很簡單嗎？造疑問句的時候也是一樣！！

💬 • Do you want to go to the party? 你想要去派對嗎？
• Do you want me to go to the party? 你想要我去派對嗎？
• Do you want her to go to the party? 你想要她去派對嗎？
• Do you want Mr. Gates to go to the party?
　　你想要 Gates 先生去派對嗎？

然而，問題是 to 不定詞在它的意思上，並不是總是都只加上主詞這麼簡單。討論原本的主詞和虛主詞的同時，在你學過的架構中也可以再加上 for，如以下例句。

CASE 1　It seems very hard to make a decision.
　　似乎很難做決定。

CASE 2　It seems very hard for me to make a decision.
　　對我來說似乎很難做決定。

CASE 3 **It seems very hard for you to make a decision.**
對你來說似乎很難做決定。

CASE 4 **It seems very hard for him to make a decision.**
對他來說似乎很難做決定。

在這裡所要注意的一點是，如果像（Case 1）沒有連接其他人，只有說「It seems very hard to make a decision.」，這不是指特定的人所做的決定，而是指針對全部人的一般事實。如此一來，因為是指一般全部的人，所以沒有必要在其意思上連接主詞。剩下的人稱代名詞為代表 to 不定詞的行為主詞，所以每個代名詞都維持在 to 不定詞前面接上〈for ＋ 受格〉的形態。然而，這類句子架構的情況中，如果無條件都是〈for ＋ 受格〉的話就好了，但是有的時候也必須寫成〈of ＋ 受格〉。在什麼時候呢？在形容一個人的性格／特質這種情境或上下文的時候，例如 nice、sweet、kind、generous 等，要使用 of：

• **It's very kind of him to help her.**
他幫助她，真的是太體貼了。

• **It's very nice of you to come and visit me.**
你來拜訪我，真的是太好了。

• **It's very sweet of you to say such a thing.**
你告訴我這些話，真的是太貼心了。

• **It's very generous of him to pay for all of us.**
他幫我們全部人付錢，真的是太慷慨了。

別只看例句，現在我們來透過對話感受一下整個對話的使用方法吧！學習 Grammar-in-context！

10_07_1

10_07_2

Ms. Stacey The principal was very upset. It's very generous of him not to reprimand you this time... but Kyle! I don't want any of my students to be reprimanded, and I need you to be cooperative. Is it that difficult for you to **shape up**[1]?

Kyle Ms. Stacey, it's a little hard for me to stay focused in class, but I'll try my best to **behave myself**[2]. I promise! Because you're my favorite teacher!

Ms. Stacey It's so sweet of you to say such a thing. Since you promise me, I'll trust you.

1. shape up: 表現良好
2. behave oneself: 守規矩；行為端正

Ms. Stacey 校長非常生氣。他這次沒給你懲罰真的是太寬容了……但是，Kyle！我不希望我的任何一個學生受到懲罰，所以你需要乖乖配合。表現好對你來說沒有很困難吧？

Kyle Stacey 老師，對我來說上課時間要一直保持專注的狀態會有點困難，但我會試著保持行為端正。我保證！因為老師是我最喜歡的老師！

Ms. Stacey 你告訴我這些話真的是太貼心了。既然你已經承諾我了，我會相信你。

11

赤腳的不定詞
（Bare infinitive:
不帶 to 的不定詞）

BARE
INFINITIVES

赤腳用英語來說的話是「bare feet」；然而赤腳的不定詞用英語來說的話是「bare infinitive」！不是赤腳的青春，而是赤腳的不定詞？？在這裡的「bare」不是只有「赤腳」的「赤」意思，這個單字還有包含「赤裸」的意思。所以，讀者可以想像的「Bare infinitive」是把 to 不定詞中像是衣服、鞋子、襪子等累贅的 to 拿掉，剩下原形動詞的意思。把 to 不定詞所著名的 to 拿掉後，剩下的不是動詞，而是稱不定詞，因為只是把 to 拿掉而已，功能還是跟 to 不定詞一模一樣。比起冗長的文法說明，請讀者們透過我用特別的教育哲學與匠人精神所製作的對話，再掌握用法的同時培養語感吧。那麼，這個文法要怎麼用呢～唷喔！

11_01_1

11_01_2

Jessica	We're in trouble! The wedding singer went to the **ER**[1] because of asthma, and the wedding ceremony is in 5 hours. Can you help me find a wedding singer?
Brenda	What about Simon, who's the son of the wedding singer?
Jessica	**Stop pulling my leg!**[2] I've never even heard him sing!
Brenda	I'm not kidding. I heard him sing many times, and he really has a beautiful voice! Don't you know the expression, "Like father, like son"?
Jessica	OK, I'll have him sing, then. Do you know how to reach him?
Brenda	I have his cell number.
Jessica	Could you please call him and let me talk to him right away?
Brenda	Let me try.

1. ER = Emergency Room（急診室）
2. Stop pulling my leg!: 別開玩笑！

Jessica	我們有麻煩了！婚禮歌手因為氣喘而進了急診室，但婚禮再 5 小時就要開始了。你可以幫我再找一位婚禮歌手嗎？
Brenda	那位婚禮歌手的兒子 Simon 如何？
Jessica	別開玩笑了！我從來沒有聽過他唱過歌！
Brenda	我沒有開玩笑。我聽過他唱過很多次，而且他真的有一副好歌喉！你不知道「有其父必有其子」這句話嗎？
Jessica	好吧，我會讓他唱。你知道要怎麼聯絡他嗎？
Brenda	我有他的手機號碼。
Jessica	你可以現在幫我打給他，讓我跟他說嗎？
Brenda	我試試看。

請再次看一下對話中用藍色標註的單字。從外表看毫無疑問是原形動詞，但這些傢伙的功能是目的補語。與學到現在的 to 不定詞的名詞功能是一樣的！這正是我們所要破解的：拿掉 to 的赤腳不定詞。有學問的讀者會稱其為原形動詞，這些文法在國中的時候已經讀過了，但是你不會想到這是使役動詞、還是感官動詞這些奇怪的單字嗎？我在上國中的那個時期，翻開英語課本，還要搭配字典來寫筆記，有很多這種情況。說到使役動詞！使役是什麼意思呢？使役寫成中文是使喚的「使」字與勞役的「役」字所合成的單字，根據 DAUM 字典說明的意思為「使喚人們做事，或是接受勞役職務」……在英語中，使其他人做某事的動詞有 Let（讓～）、Make（讓～）、Have（讓～）等。在這些使役動詞後面，會連接做為目的補語並拿掉 to 的赤腳不定詞。

💬 • Baby, let me be your man! – Brian MaComas

　　寶貝，讓我成為你的男人！－ Brian MaComas 的歌詞

• She always makes me feel good about myself.

　　她總是讓我感覺自己是很好的人。

• I had Kimberly cut my hair.

　　我讓 Kimberly 剪我的頭髮。

如果現在說到「使役動詞」或是「準使役動詞」的單字也不會記不清楚了對吧？準使役動詞是指一半包含使役動詞的意思，所以它像使役動詞一樣有原形不定詞做為目的補語，但又不完全像是使役動詞，而直接使用 to 不定詞。簡單來說就是，一半的使役動詞！代表的準使役動詞有 1960 年代披頭四最有名的歌「Help！」（幫忙～）：

💬 • I was wondering if you could help me (to) carry these bags.

　　我在想你能不能否幫我拿這些包包呢？

- My friends helped me (to) unpack things after moving here.

  在搬到這裡之後，我的朋友們幫我打開包裹。

除了使役動詞和準使役動詞以外，感官動詞之後也是連接做為目的補語的赤腳不定詞。不是出席，而是感官動詞？中文則是由知道的「知」與發覺的「覺」所組成的感官動詞，代表的動詞有「see」、「watch」、「look at」、「hear」、「listen to」、「feel」等。看就會知道、聽就會知道、感覺後就會知道，所以這些就是感官動詞是嗎？

- I saw him go out with his ex.

  我看到他跟他前女友出去約會。

- I watched the children play soccer.

  我看到這些小朋友踢足球。

- Come and look at my little boy dance.

  快來看我小兒子跳舞。

- I didn't hear you come in.

  我沒聽見你進來的聲音。

- Do you wanna listen to my little girl sing?

  你想聽我小女兒唱歌嗎？

- Did you just feel the earth shake?

  你剛剛有感覺到地面搖晃嗎？

到現在我們已經複習了，國、高中所集中學習的原形不定詞用法了。現在開始，不要專注在國、高中教室內密集學習的內容，但我們要再來看美國人實際在日常對話中常用的原形不定詞使用方法。在主詞的位置上加上「do」的情況下，母語人士通常會用原形不定詞，而不是在主詞補語位置上加上 to 不定詞。

- All I want to do is get some rest.

  我最想要做的事情只是休息。

- My favorite thing to do on a rainy day is listen to Jazz music.

  我在下雨天最喜歡做的事情是聽爵士樂。

- What this rocking chair does is soothe a crying baby.

  這張搖搖椅的功能是安撫哭的小孩。

- I don't know what made him tired 'cause all he did was sleep.

  我不知道什麼讓他這麼累，因為他一整天都在睡覺。

如果遇到這類型的句子，我天真的學生們經常會說：「喔！老師一個句子裡出現了兩個動詞！這是沒有連接詞的句子！」，同時卻感到困惑，但這些文法的整體面貌並不是動詞，而是不定詞，只是因為是赤腳來，所以我們無法馬上看出來⋯⋯換句話說，在以上句子中用藍色標示的部分變成「to get some rest」、「to listen to Jazz music」、「to soothe a crying baby」、「to sleep」在文法上也沒有問題。但是請務必要記住，美國人主要使用沒有 to 的原形不定詞這個事實。

到現在你已經很努力了！所以現在我們再來看一下使用這些原形不定詞的生動對話，並再觀察一次這些用法吧。在上個對話中，這些原形不定詞「只不過是一個身影」，現在正向讀者們接近，我期待它們能成為「花朵」。現在，用那些花朵不只做成一束捧花，也做成花環吧！

11_02_1

11_02_2

Jenny	Hey, I didn't see you come in. How long have you been sitting there?
Maria	I don't know, and I don't care. Just leave me alone.
Jenny	What's the matter with you? Is there anything that's bothering you?
Maria	I can't figure out what's wrong with Julie. She's so hard to please, and she's never in a good mood. It seems like nobody can ever make her laugh.
Jenny	That's not true! I heard her laugh many times. At Diane's birthday party, I even saw her dance. She looks like a fun person to me.
Maria	Then maybe it's just me. Did I do something wrong? Or do I make her feel uncomfortable?
Jenny	I don't think that's the case, so don't **take it personally**[1]! I get the impression that it just takes time for her to open up. When I first met her, it took a long time to **break the ice**[2]. Why don't you give her some time?
Maria	OK, I'll just let her take her time.
Jenny	And even if she doesn't open up, don't let it bother you. You can't please everyone.

Maria	I don't wanna please everyone. All I want to do is understand her.

---

1. take it personally: 對某件事太感情用事
2. break the ice: 打破沉默

Jenny	嘿，我沒有看到你進來。你已經坐在這裡多久了？
Maria	不知道，我也不在乎。讓我一個人靜一靜。
Jenny	發生什麼事情了？有什麼讓你心煩的事情嗎？
Maria	我不明白 Julie 有什麼問題。她很難去取悅，而且她總是心情不好。似乎沒有任何人可以逗她笑。
Jenny	不是那樣！我聽過她笑過很多次。在 Diane 的生日派對上，我還看到她跳舞了呢。我覺得她是滿有趣的人。
Maria	那樣的話，問題應該在我身上。我有做錯什麼事嗎？還是，我有讓她覺得不舒服嗎？
Jenny	我覺得應該不是那樣，所以別太感情用事。我印象中她會需要時間去敞開心房。當我第一次見到她的時候，也花了很多時間去打破沉默。為什麼你不要給她一些時間呢？
Maria	好吧，那我就讓她慢慢來。
Jenny	還有，就算她不打開心房，也別讓這件事困擾你。你可不能去取悅每個人。
Maria	我不想要去取悅每個人。我只想要了解她。

對學習英文有幫助的
外語學習理論 3：
語言是一來一往！

（接續輕鬆一下 2）

但是！雖然 comprehensible input（可理解的輸入）在語言習得是必要的條件，但是充分的條件卻還是不太夠！絕對不夠！NEVER!!!!!!! 有位學者表示這是不可能的，並反對 Krashen 的理論，他的名字就是 Michael Long。如果說麥可・傑克森是流行音樂之王、麥克・喬丹是籃球之神的話，這位 Michael Long 就是語言習得論之王。Long 認為在語言習得的過程中，應該要把重心放在互動（interaction）的輸入是如何讓人理解的，而不是 comprehensible input（可理解的輸入）。他把這個過程用一個術語來描述，也就是「interactional modification」（**對話者互相做的語言調整**），並將這視為語言習得的核心要素。

在英語教育中，「對話者互相做的語言調整」到底是什麼意思呢？我們站在學習者與教育者的立場來具體探討一下吧。在教育者的立場上，跟學習者用英語對話的時候，自己使用的英語會簡單化（linguistic simplification），使學習者能夠充分理解，這就是典型的例子。此外，需要不斷地確認（comprehension check）學習者是否理解 input，如果有無法理解的部分，就必須轉換成包含相同意思的其他句子或表達再說明（paraphrase, self-repetition），這也是在教育者觀點中能使用的語言調整的具體例子。如果從我的教學經驗中找實例的話，先出現的情況會是……

（Case1）

峨永老師：Can you please elaborate on your idea?

學　　生：Oh... Pardon me? What does that mean?

峨永老師：Can you please elaborate on your idea? What I mean is <u>tell me more about it</u>. I mean…be <u>more specific</u>.

學　　生：OK, what I said was blah blah blah...

（Case2）

學　　生：There is three tangerine on the table.

峨永老師：How many <u>tangerines</u> are there?

學　　生：Three tangerine<u>s</u>. There are three tangerine<u>s</u>. By the way, what's the difference tangerines and oranges?

峨永老師：The difference <u>between</u> what and what?

學　　生：The difference <u>between</u> tangerines and oranges.

　　雖然我剛開始問的第一個問題，學生並不理解我的問題，但我重複同樣的問題，再用更簡單的說法說明的時候，學生便理解那種表達，同時就能繼續對話。為了要讓那位學生習得那種表達，我調整了對那位學生的input。接著，在文法的情況是……

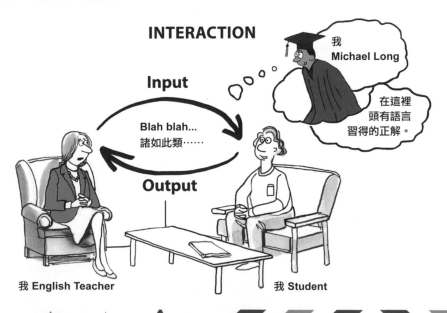

看以上對話的同時，可能會覺得我好像耳～背，但請別誤會！我的聽力很好，而且是很健康的普通韓國阿姨！就算全～部都聽得一清二楚，為了要讓學生知道自己的文法錯誤並正確地改過來，我只是恰到好處地調整了語言並展開詢問攻勢。從講師的觀點來看，這也可以是調整 input 用語的例子，因此那位學生能夠習得正確的文法。

那麼，在學習者的立場，語言調整到底是如何實行的呢？

在（Case 2）的對話中，可以找到以學習者的觀點為主的語言調整例子，而在學習者的情況是多少都是以被動的方式進行。如同（Case 2）所看到的，學習者受到教育者調整語言 input 難易度的影響，而一個、一個明確地修改自身的輸出（output）▶，可以把這個過程視為學習者的語言調整。這個過程跟教育者相比雖然多少較為被動，但會依照學習者下定決心的程度，而成為主動實現的過程。在跟母語人士對話的時候，主動試著從自己使用的英語中找出錯誤的文法、一個個修改，或是在自己使用的英語中，找到不像英語的表達，並慢慢修正為更像是英語的用法，這個過程只用「被動的態度」是無法實現的。

不管如何，Long 主張這種**相互間的語言調整把輸入改為學習者能夠理解的同時，也促進學習者的語言習得**。然而 Krashen 的 comprehensible input（可理解的輸入）在語言習得中，雖然有必要條件，但是也被認定為只有那樣是不夠的，因此在往後的語言教育領域中，更傾向於 Long 的 **interactionism**（透過相互間的語言調整的習得理論）。

Input

Output

相互間的語言調整成能夠理解的輸入，同時也促進學習者的語言習得

▶ 在語言教育中，輸出（output）是與輸入（input）對比的概念，這是指學習者用語言所表達的所有內容。例如，在英語教育中，學習者在口說時間開口說的英語、或是學習者在寫作時間寫的內容等，學習者用全部形式所產生的英語，皆能視為輸出（output）。

那樣的話，Krashen 的研究結果與理論都是無用武之地了嗎？絕對不是那樣。Krashen 的輸入理論對閱讀和聽力教育都是相當有幫助的，這是我透過經驗所得到的心得。我在上高中的時候，為了要趕走瞌睡蟲而常聽的廣播節目〈吳成植的 Good Morning Pops〉，可以用這個例子來證明。現在回想當時叫醒韓國早晨的吳成植老師的英語課，真的是，我的天啊～與 Krashen 的輸入理論是一脈相通的教法啊！在節目中，吳成植老師剛開始會先播放一段電影對白，接下來他會與英語母語人士一起親切地說明那個場景出現的每個句子與表達。他會用簡單易懂的方式去說明複雜的英語結構，把困難的文法表達全都換成聽眾可理解的簡單用法。之後，相同電影場景會重複播放兩次、三次，我第一次聽到這個廣播節目的時候，是在我國中畢業的時候，當時我只聽得懂一、兩個英文單字，根本是對牛彈琴。

換句話說，不論我重複聽多少次也很難習得，這對當時的我是毫無意義的輸入，因為我根本就不懂那是什麼意思啊！（Completely Incomprehensible）！但在 20 分鐘的吳成植老師課程中，他把相同的對白重新轉變成了我當時可以理解的輸入（comprehensible input），變成可以理解的輸入後，就能黏在我的耳朵裡了。那這樣聽起來，吳成植老師把當時對我學習上幾乎是無意義的電影對白，變成可以理解的輸入（comprehensible input），之後就成了我小時候能夠活用英語的工具。這樣我應該要感謝吳成植老師，還是要感謝 Krashen博士呢……

CHAPTER

12

~ing 修飾其他詞的時候，
是現在分詞，
而不是動名詞！

PRESENT
PRATICIPLES
(~ING)

讀者們在〈CHAPTER 10〉看過了 to 不定詞做為名詞、形容詞、副詞的功能。那麼，動名詞又是如何呢？請看它的名字！不是動「名詞」嗎！換句話說，動名詞不像 to 不定詞是綜合球員，它只能做為名詞功能。所以針對動名詞的名詞功能沒有必要多做介紹，就請各位聆聽對話並在心裡反覆回味它的用法吧。讓我們一起學習對話中所有生動的表達吧～ Let's kill two birds with one stone!（一石二鳥）

12_01_1

12_01_2

Shelby　Did you hear that? Susan had been being harassed by her supervisor for a long time, and she finally stood up to him and charged him with sexual harassment.

Lena　Oh, that's why she has been kind of **edgy**[1] these days. By the way, what if the supervisor denies harassing her?

Shelby　He already admitted to harassing her▶ and apologized. She's now considering **dropping the case**[2]. However, she said forgiving him and making up might not be easy for her.

Lena　I understand her. At times, the most difficult thing is forgiving. Besides, I would never forgive him. But I know Susan, and she'll forgive him after all.

Shelby　In any case, I hope he'll stop harassing her.

Lena　Let's hope for the best!

---

1. edgy: 緊張不安的
2. drop the case: 撤銷告訴

▶ 在這個情況之下，母語人士會說：「He already admitted to harassing her.」不管使用哪個，使用動名詞的事實不會改變。

Shelby　你聽說了嗎？Susan 被她直屬上司騷擾很長一段時間，她終於勇敢地站出來告他性騷擾了。

Lena　喔，難怪她最近變得緊張不安。但如果她上司否認性騷擾該怎麼辦？

Shelby　他已經承認對她性騷擾，也道歉了。現在她正在考慮要撤銷告訴。但是，她說要原諒他並跟他和解，對她來說是很困難的事情。

Lena　我可以理解她。有時候，原諒是最困難的事情。此外，我是絕對不會原諒他的。但是，我很了解 Susan 這個人，她之後還是會原諒他的。

Shelby　不管怎樣，我希望那個人停止騷擾她就好了。

Lena　希望一切順利！

如同在前面對話所看到的，在動名詞在主詞位置、受詞位置、補語位置的同時，完美地表現出了做為名詞的功能。但是！！！！！！！！！！這就是我們覺得怎麼這～麼簡單而鬆懈的瞬間！我們來快速檢視一下！！

Matt Who's the crying baby's dad? Isn't he the smoking man on the porch?

Martin No, his son is the sleeping baby over there.

Matt 那個在哭的小孩他爸爸是誰？
不是那個在走廊上抽菸的男人嗎？

Martin 不是，那男子的小孩是在那裡睡著的那小孩。

在以上對話中所出現的 ~ing，如同哭著的小孩（**crying** baby）、抽著菸的男人（**smoking** man）、睡著的小孩（**sleeping** baby）一樣，全部都是在修飾後面的名詞。也就是說，這些長得跟動名詞一樣的傢伙，不是當名詞的功能，而是當形容詞的功能！這些不是動名詞，而是可以稱為現在分詞的屬性。與動名詞不同的是，它們擁有形容詞、副詞的功能。簡言之，雖然外表長得跟動名詞一樣，但因為它們在句子中的功能是跟動名詞截然不同，所以它的名字不是動名詞，而是現在分詞！我們先從形容名詞的功能開始觀察，再來熟悉與動名詞用法不同的語感吧！

203

12_03_1

12_03_2

Tom	I'm trying to **hit on**[1] Nancy. Do you know anything about her?
Steve	Who's Nancy?
Tom	The smiling girl over there!
Steve	Oh, that Nancy! All I know is she doesn't date smoking men; you'd better quit smoking before trying to **flirt with**[2] her.
Tom	I'm actually trying to cut down on smoking these days, and I'll give up smoking soon.
Steve	**Rumor has it that**[3] she doesn't like drinking men either.
Tom	OK. I'm not a heavy drinker from this point on.
Steve	Seriously, are you gonna break all those habits just to date her?
Tom	Actually, living a healthier life happens to be my new year's resolution.

1. hit on ~ : 和～調情
2. flirt with ~ : ～調情、曖昧
3. rumor has it that ~ : 有～的謠言

Tom	我想要約 Nancy。你知道她的任何事嗎？
Steve	誰是 Nancy？
Tom	就是在那裡微笑的女生。
Steve	喔，那個 Nancy。我只知道她不跟抽菸的男生交往，你最好在和她調情之前先戒菸吧。
Tom	我最近真的有試著在少抽菸，而且我會馬上戒菸。
Steve	有謠言說她也不喜歡喝酒的男生。
Tom	好，我從現在開始就不會喝很多酒。
Steve	說真的，你只為了要跟她約會就要戒掉那些全部的習慣嗎？
Tom	其實，我新年的決心是可以過更健康的生活。

在到目前為止的例句中，因為全部的現在分詞都很確實地修飾後面的名詞，這跟我們的語言一樣，形容詞總是在名詞前面，對熟悉母語的我們來說是非常容易理解的構造。但是，有時候現在分詞會連接在被修飾的名詞後面。

💬 • The boy dancing on the stage is my brother.
在舞台上跳舞的男孩是我弟弟。

• Hey, the woman sitting right behind you is pointing at you!
嘿，坐在你正後方的女子正在用手指著你！

• Lots of people working in the computer industry are from India.
許多在電腦產業上班的人來自印度。

在以上例句中，用藍色標示的部分分別是形容 the boy、the woman、lots of people。跟之前不同的是，這些例句不是從前面修飾，而是從後面修飾！

除此之外，現在分詞還有修飾整個句子的副詞功能⋯⋯在美國人的日常對話中，兩種動詞同時發生的時候，經常使用的文法正是現在分詞。

💬 • I usually drive, listening to pop music.
通常我會邊開車、邊聽流行樂。

• Last night, I was watching a movie, eating popcorn.
昨晚，我邊看電影、邊吃爆米花。

Last night, I was watching a movie, eating popcorn.

聽音樂與開車是同時發生的動作！吃爆米花與看電影也是同時發生的動作！在這種情況之下，因為現在分詞跟該句子的動作是同時發生的，所以當然必須要看動詞的時態才能夠知道發生的時間。為了不理解的人，我會提供給你 idiot-proof（極其簡單的；也就是每個人都可以理解）的說明：

CASE 1

I watch movies, eating popcorn.

我邊看電影、邊吃爆米花。

CASE 2

I watched movies, eating popcorn.

我之前邊看電影、邊吃爆米花。

CASE 3

I will watch movies, eating popcorn.

我之後會邊看電影、邊吃爆米花。

在以上的每個 Case 中，吃爆米花（eating popcorn）的時間全部都不一樣，因為現在分詞發生的時間會依照句子中動詞的時間而改變！

好，那麼，從現在開始，藉由把握對話中的整體脈絡，讓我們來熟悉現在分詞用法的語感吧。

Jin-kyoung I don't know how to translate this part into Korean. I looked up all these words in the dictionary, but I've still got no clue.

Ah-young Are you reading English passages, looking up every word in your dictionary?

Jin-kyoung Is there any other way?

Ah-young Sure, there is. When you meet a new word, you need to identify the key concepts in the whole sentence first and make a good guess of the meaning. In other words, you should read, associating the words with the context. It is a critical skill in reading.

Jin-kyoung Gotcha!

珍景　我不知道該怎麼把這個部分翻譯成韓語。我用這本字典查了全部的單字，但我還是一點頭緒都沒有。

峨永　你是不是正在讀英語段落，同時在字典上查每個單字呢？

珍景　還有其他方法嗎？

峨英　當然有。當你遇到新單字的時候，要先理解整體句子的主要概念，再來推測那個單字是什麼意思。換句話說，你應該要邊閱讀，邊將單字和情境聯想在一起。這是在閱讀的時候非常重要的方法。

珍景　了解！

此外，現在分詞能夠以多樣的分詞子句創造出多樣不同的句子……各位在【名詞篇】學習名詞相關的文法，也在【動詞篇】學習動詞相關的文法吧！那我們再來多聽一段對話，並確實地把學習到現在的內容融入到讀者們的用字遣詞吧！

12_05_1

12_05_2

Bryan	I'm feeling pretty low. There's only frustrating news. Due to the economic crisis, **budget cuts**[1] are all over the place, and my company is on a **hiring freeze**[2] right now. I'm not even sure if I will still be working next year.
Will	I know what you mean, man, but I have exciting news for you! I'm trying to set up a blind date for you!
Bryan	Thanks, man! **You made my day**[3]! By the way, who's the girl?
Will	Her name is Sophie, and she's the fascinating girl in the corner.
Bryan	I can't tell who "the fascinating girl" is.
Will	Can't you see the girl talking to Lauren there?
Bryan	Oh, her? Honestly, I'd be more interested in that girl wearing a purple shirt with blue jeans.
Will	Are you serious? She's nothing compared to Sophie.
Bryan	Will, beauty is in the eye of the beholder.

1. budget cuts: 減少預算
2. hiring freeze: 人事凍結
3. You made my day.: 你讓我非常開心。

Bryan	我現在心情不好。只有讓人沮喪的新聞。因為經濟危機的緣故,所以每個地方都減少預算,而且我的公司現在人事凍結。我連明年是否繼續工作都不知道。
Will	老兄,我懂你的心情,但我有一個好消息要跟你說!我正試著幫你安排聯誼!
Bryan	謝謝啦,朋友!你讓我的心情好多了。話說,那個女生是誰?
Will	那個女生的名字是 Sophie,她就是坐角落那個迷人的女生。
Bryan	我不知道那個「迷人的女生」是誰?
Will	就是跟 Lauran 講話的女生,你沒看到嗎?
Bryan	啊,是她嗎?說真的,我對穿著紫色上衣和藍色牛仔褲的女生更有好感一點。
Will	你認真嗎?她跟 Sophie 比的話,根本不算什麼。
Bryan	Will,情人眼裡出西施。

CHAPTER

13

如果現在分詞存在的話，
過去分詞也會存在！

PAST PARTICIPLES
(P.P)

現在分詞（~ing）與過去分詞（p.p; past participle）之間的差異是什麼？請看下一頁的對話並且直接感受一下吧。Feel it! And develop your intuition!

13_01_1

13_01_2

Neil	Hey, Todd! This is an amazing machine! Come on; check it out!
Todd	What's so amazing about it?
Neil	It's a cooking machine, and it sings a song when the food is cooked!
Todd	How cool! Is it a rice cooker?
Neil	It cooks rice and a lot of other things too.
Todd	Does that mean we can have a variety of homemade dishes?
Neil	Definitely! Isn't it thrilling? Do you wanna try it out?
Todd	Sure! Do we have some rice to cook?
Neil	We already have a bowl of cooked rice, so why don't we cook some vegetables?
Todd	Awesome!

Neil	嘿，Todd！這真是讓人驚奇的機器！你快來看！
Todd	什麼東西這麼驚奇？
Neil	這是料理的機器，食物料理好的時候，機器會唱歌。
Todd	這麼酷！這是電鍋嗎？
Neil	這能煮飯也能煮很多其他的食物。
Todd	這表示我們能夠在家煮很多種食物來吃嗎？
Neil	當然！不感到興奮嗎？你想要試試看嗎？
Todd	當然好啊！我們有米可以煮嗎？
Neil	我們已經有一碗飯了，所以我們何不來煮些蔬菜呢？
Todd	太棒了！

再用兩句嘮叨來說明，在對話中的「~ing」是現在分詞（Present Participle），剩下的是過去分詞（p.p; Past Participle）！但是這兩種分詞的名字，與字面上的（現在和過去）時間觀念完全沒有相關。所以，讀者們現在要專注的事情不是這些文法的用語，而是

這兩者所給予的感覺差異。這是因為我們必須要明確理解這兩種之間的差異，才能培養要在哪些句子中才能使用哪種分詞的語感。「~ing」有「做~事」的意思，所以是主動的感覺；「p.p.」有「被要求做~事」的意思，所以是被動的感覺。也就是說，接受「~ing」修飾的動是做為主動的意思；接受「p.p」修飾的動作是被動的意思！那麼在日常生活中，我們來看一下美國人幾個常用的現在分詞與過去分詞，並更確實地體會一下使用的語感吧！

- Boring class vs. Bored students
  無聊的課 vs. 感到無聊的學生

- Confusing explanation vs. Confused students
  困擾的說明 vs. 感到困擾的學生

- Cooking machine vs. Cooked meat
  料理的機器 vs. 已煮熟的肉

- Fascinating novel vs. Fascinated reader
  吸引人的小說 vs. 感到吸引的讀者

- Irritating wife vs. Irritated husband
  煩人的妻子 vs. 感到煩躁的丈夫

- Thrilling movies vs. Thrilled audience
  嚇人的電影 vs. 感到被嚇的觀眾

- Tiring job vs. Tried workers
  累人的工作 vs. 感到疲累的工人

雖然現在分詞與過去分詞同樣都是在名詞前面修飾，也有在名詞之後做修飾的時候。簡單來說，可以說明為具備與形容詞（修飾名詞＆補語）同樣的功能。

💬 • This room is suffocating. vs. I am suffocated.

這房間讓人感到窒息。 vs. 我感到窒息。

• It was a flabbergasting situation. vs. All the people there were flabbergasted.

這真是讓人大吃一驚的情況。 vs. 那裡的每個人都感到大吃一驚。

• This film is frightening! vs. Are you really frightened?

這電影真是很恐怖（可怕）！ vs. 你真的感到害怕嗎？

• She's an interesting lady. vs. I'm interested in that girl!

她是一位很有趣的女子。 vs. 我對那位女子感興趣！

這樣乍看之下現在分詞與過去分詞好像很簡單，但如果使用錯誤的話，我們想要表達的意思就會完全改變，所以請大家繼續練習如何使用，並確實地熟悉語感。例如，本來要表達「Is he tired?」（他累了嗎？）卻表達成「Is he tiring?」（他讓人感到疲累嗎？），原本要表達的意思就完全錯誤了，這樣會變成冤枉好人的例子！事實上，現在分詞與過去分詞是學生們在對話中很常出現的部分，所以這也是美國的英語講師都會在每學期會持續讓學生練習的內容。然而有一天，有個英語老師，是我的朋友也是同事，為了要讓學生熟悉這部分，因此在 30 分鐘的會話中持續讓學生練習，結果有個韓國學生在課程結束後說了這句話：「Your class is too easy for me. I am really boring.」（你的課對我來說真是太簡單了。我是個無聊的人。）？？？？？？？？？？這根本是搞笑實境。不管如何，這位無理的學生原本想要表達的是「I am really bored in your class.」（我在你的課堂上感到無聊。）或是「Your class is boring.」（你的課很無聊。）結論是，如果你跟這個學生的情況相同，學習了文法，卻沒有充分練習、對使用方法很陌生，那麼學到的文法知識只會變成「放在衣櫃裡的駕照」，沒有任何意義！

我抱持著小小期許，希望讀了這本書的讀者們都不會跟這個學生一樣犯相同錯誤～雖然這些文法看起來很簡單，但為了要確實地

習得，讓我們看對話中需要練習的分詞，並熟悉在情境中自然的使用方法吧。

13_02_1

13_02_2

Michelle	**OMG**[1]! I am so disappointed. I'm actually shocked!
Carrie	What's so shocking?
Michelle	I got a B+ in Psycholinguistics!
Carrie	B+? Come on, girl! That's not a disappointing grade.
Michelle	But I'm frustrated. I'm a government-sponsored student, and I've never received anything less than an A.
Carrie	What did you do differently this semester? Was it a boring class?
Michelle	No, I wasn't bored at all in class. I actually found it interesting. What happened was I was involved in too many extracurricular activities this semester, and some of them were physically tiring. Sometimes in the morning, I was too tired to stay focused in class.
Carrie	It seems like the extracurricular activities are not benefiting you that much. You'll definitely wanna **cut back**[2].

---

1. OMG：Oh, my God! 的縮寫
2. cut back: 削減；減少

B+

Michelle	我的天啊！我真的很失望。其實我受到打擊了！
Carrie	什麼事這麼打擊？
Michelle	我的心理語言學拿到 B+。
Carrie	B+？女孩，拜託！這不是讓人失望的分數。

Michelle	但我很失望。我拿政府獎學金（接受政府支援的學生），到現在都沒有拿過 A 以下的分數。
Carrie	你在這學期有做什麼不同的事嗎？那堂課是很無聊的課嗎？
Michelle	不是，上課時間我從來沒有感到無聊。其實我覺得課程還滿有趣的。但問題是這學期我參加太多課外活動，其中有幾項讓我感覺身體疲累。早上有時候，我都覺得太累了，以致於在上課時間無法集中精神。
Carrie	課外活動似乎對你沒有那麼有幫助。你真的要減少一點比較好。

13_03_1

13_03_2

Mandy	I've got a broken heart. My fiancé is suffocating me, and I don't know how to handle this anymore.
Sandy	Just tell him that you feel suffocated.
Mandy	I did, and when I told him, he was really irritated! I was scared that he was gonna break up with me.
Sandy	Poor thing! Do you think he's the right guy for you?
Mandy	I don't know. I care about him, but I need more space.
Sandy	Just follow your heart. No matter what happens, I'll be on your side.

Mandy	我的心很痛。我的未婚夫讓我感到很窒息，我不知道要怎麼處理這段感情了。
Sandy	你就直接告訴他，你感到很窒息。
Mandy	我講了，但我告訴他的時候，他真的很惱怒！我害怕他會跟我分手。
Sandy	真可憐！你覺得他是適合你的人嗎？
Mandy	不知道。我很在乎他，但是我需要多一點空間。
Sandy	就跟著你的直覺走。不管發生什麼事情，我會在你身邊支持你。

Yu-ho I can't find the lid for this container.

Young-min Is it a walking **lid**[1]?

Yu-ho (Sarcastically) Funny!

Young-min I was just kidding. What does it look like?

Yu-ho It's faded black and has a Canadian Flag on it.

Young-min Oh, I think I saw it on top of the fridge.

Yu-ho Gotcha! Thanks.

Young-min No prob! Did you get it in Canada?

Yu-ho Yes, I did. I have a Canadian friend, and I stayed at his place in order to study French last year.

Young-min To study French?

Yu-ho Yup! My friend is a French-speaking Canadian.

Young-min Got it! So, how was it?

Yu-ho It was great, and the best part was his recently-built house. I could also see many historic buildings around his place, and you know what? I cooked Doen-jang jigae for him every morning!

Young-min What? A French-speaking Canadian guy who loves Doen-jang?

Yu-ho I know what you mean. He's a **debunker**[2]!

---

1. lid: 蓋子
2. debunker: 打破刻板印象的人

俞浩　　我找不到這個容器的蓋子。
英敏　　（開玩笑的語氣）那是會走路的蓋子嗎？
俞浩　　（諷刺的語氣）真好笑！
英敏　　我只是開玩笑啦！那是長怎樣的？

俞浩	那個鍋子是褪色的黑色，而且有加拿大國旗在上面。
英敏	喔，我好像有看到它放在冰箱上。
俞浩	找到了！謝謝。
英敏	不客氣！你從加拿大買的嗎？
俞浩	對，沒錯。我有個加拿大的朋友，去年我為了學法文，去住他家。
英敏	為了學法文？
俞浩	對啊！我朋友是個會說法語的加拿大人。
英敏	原來如此！你學得如何呢？
俞浩	還不錯，最棒的部分是他那間最近蓋好的房子。在他家附近還能夠看到許多歷史建築，還有你知道嗎？我每天早上都煮大醬湯給他喝！
英敏	什麼？會說法語的加拿大男子居然會喜歡大醬湯？
俞浩	我懂你的意思。他是個特例！

到現在為止，我們主要集中於現在分詞與過去分詞的差異，這些分詞具有形容詞所代表的功能，也就是在句子中修飾名詞、或是做為主詞補語，這是我們主要的觀察重點。現在我們再來嚐一下這兩種分詞更不一樣的味道吧！現在要嚐的內容，雖然剛開始會覺得不是很確定是不是這個味道，但是在這章結束的時候就會覺得「對，就是這個味道！」。所以要集中精神！！！！！！！！！

我們在 Chapter 11. 赤腳的不定詞的章節中，學習了原形不定詞當作受詞補語〈使役動詞＋受詞＋受詞補語〉的句子結構。（如果記不清楚的話，請重新複習第 191 頁之後再回來。）但是在這句子結構中，在受詞補語的位置上的原形不定詞能夠**依照情境的不同替換成現在分詞或過去分詞**。為了 confused 的讀者們，如果你用例句仔細整理的話，可能會出現以下結構的句子：

- 使役動詞 + 受詞 + 原形不定詞：His boss made him drink.
- 使役動詞 + 受詞 + 過去分詞：A bottle of soju made him drunk.
- 使役動詞 + 受詞 + 現在分詞：The director made the film frightening.

實際上，如果讀者們背了「使役動詞的受詞補語是原形動詞！」，並且試著把每件事物都套入這個公式，學習的過程會變得很困難，學英文也會變得很痛苦。所以，再說一次！和我一起學英語的時候，**不要死背硬背、要思考與理解英文**。我思考，所以我增加了英語實力，加油加油！！回歸正題，讀者來回想一下第一次開始學習英語的時候，當時的回憶吧。我們在學習英語句子結構與字彙的時候，在第二大句型（主語＋動詞＋補語）中，有人記得能夠替代受詞補語位置的詞類是什麼嗎？名詞？（I am a **boy**, and you are a **girl**!）形容詞？（I am **happy**!）叮咚～叮咚～是名詞與形容詞！對，沒錯，對的～不論是主詞補語或是受詞補語，補語就是補語！其中的差異就是主詞補語補充說明主詞，受詞補語補充說明受詞！所以，如果主詞補語的位置能夠用名詞與形容詞來取代的話，在受詞補語的位置，用名詞與形容詞來取代的論點當然也是可以成立的。因此，受詞補語的位置還包含形容詞（例如：His boss made him **happy**.），所以所有包含形容詞的事物都是可以取代。那樣的話，做為形容詞功能的現在分詞與過去分詞，當然也是能夠取代受詞補語的位置。這時候，我們需要決定要使用現在分詞還是過去分詞，就我們目前所學到的，這個意思是代表要選擇主動還是被動。那麼請先保持這個想法，讓我們一起從多樣的對話中來觀察吧。

Leah   You look different today.

Knox   I got my hair **cut**.

Leah   Oh, that's it! It looks sporty.

Leah   你今天看起來不一樣。

Knox   我剪了頭髮。

Leah   喔，對耶！看起來很有型。

Director   Everything's cool, but can we make this scene more **fascinating**?

Assistant Director   What if we add more captivating pictures in between?

Director   Sounds perfect!

Assistant Director   When are we supposed to finish this? Are you going to set the deadline?

Director   Let's get it **done** by tomorrow.

Assistant Director   You got it!

導演   全部都很好，但我們還能把這個場景拍得更吸引人一點嗎？

助理導演   我們在場景與場景之間放更多張吸引人目光的畫面如何？

導演   聽起來很完美！

助理導演   我們要什麼時候結束呢？
你要決定一下完成時間嗎？

導演   我們明天就完成吧。

助理導演   收到！

Sung-won   Hi, there! My name is Sung-won, and I'm from South Korea.

成遠   你好！我的名字是成遠，我來自韓國。

13_07_2

Ryan	Hi, Sung-won! Nice to meet you! My name is Ryan. **I was born and raised in**[1] this town.
Sung-won	Really? Then, can I ask you a question?
Ryan	Sure!
Sung-won	I need to have my VCR **repaired**, but since I'm new in town, I don't know where to go.
Ryan	Have you ever met Ramin? He's excellent at fixing things.
Sung-won	Yes, I've met him twice, but I don't know how to reach him.
Ryan	I'll give you his E-mail address. It's fix@yaho.com.
Sung-won	Thanks a lot!
Ryan	Anytime!

---

1. I was born and raised in ~：我在～出生、成長

Ryan	你好，成遠！很高興見到你！我的名字是 Ryan。我生長在這個城市。
成遠	真的嗎？那我能問你一個問題嗎？
Ryan	當然可以！
成遠	我需要修理我的 VCR，但因為我剛來到這地方，我不知道要去哪裡。
Ryan	你有見過 Ramin 了嗎？他很擅長修理東西。
成遠	有，我見過他兩次，但我不知道要怎麼聯絡他。
Ryan	我給你他的電子郵件地址。是 fix@yaho.com。
成遠	非常謝謝你！
Ryan	別客氣！

使役動詞出現的時候，請別忘記每次都不會遲到並一起演出的感官動詞，我們一起來確認吧。在 **Chapter 11. 赤腳的不定詞**的章節中有學到，原形不定詞會當作感官動詞的受詞補語來使用，在這情況中，現在分詞也能夠使用。

（1）感官動詞 ＋ 受詞 ＋ 原形不定詞：
　　　I heard him sing. / I saw him dance.
（2）感官動詞 ＋ 受詞 ＋ 現在分詞：
　　　I heard him singing. / I saw him dancing.

在這種情況之下，會需要與在使用使役動詞時做不同的方法和解說，但一點都不需要覺得很難。Just use your common sense! 如此一來，只要用常識來思考，就會有正確答案。就像學習到現在的內容一樣，現在分詞雖然可以做為形容詞使用，但是也能夠當作像現在進行式（例如：He is singing.）或過去進行式（例如：He was singing.）等，以進行式的方式使用。就如同讀者們已經很熟悉的，進行式的時間能夠解釋為「正在做～」，意思是進行中的狀態。以上兩個 Case 的差異能夠透過句子很輕易的理解。（1）號能夠說明為看過他唱歌／跳舞；這個意思是表明有看過唱歌和跳舞的經驗。（2）號則是表達看到他在做唱歌／跳舞的動作過程，強烈表達看到動作進行中的意思。雖然看起來很簡單，但是只用文法說明與例句帶過並不是我的風格，因此，再給讀者們一段對話當作禮物，來看下一頁。呼嚕嚕～

13_08_1

13_08_2

(knock knock)

Ethan	Come in!
Robin	Hey, Ethan! I just saw a lady waiting for you out there.
Ethan	I know. I'll meet her as soon as I get this thing done.
Robin	OK. I'll let her know. By the way, isn't she a jazz singer? I heard her sing many times here and there in town.
Ethan	Actually, teaching Italian is her **bread and butter**[1], but she sometimes sings as a hobby.
Robin	As a hobby? Incredible! She has such an appealing voice. I think she's gifted.
Ethan	**Tell me about it**[2]! Oh, her next concert is at the Jazz club downstairs. Don't miss out!

1. bread and butter: 生計；謀生之道
2. Tell me about it!: 我也同意！

（敲門）

Ethan	請進！
Robin	嘿，Ethan！我剛剛看到外面有位女子在外面等你。
Ethan	我知道。我把這件事情做完就會馬上跟她見面。
Robin	知道了。我會告訴她。順帶一提，那個女生不是爵士歌手嗎？我有聽過她在市中心到處演唱。
Ethan	其實，教義大利語是她的主業，但她有時候會把唱歌當成業餘愛好。
Robin	業餘的愛好？太難以置信了！她真的有副吸引人的歌喉。我覺得她有天賦。
Ethan	我也有同感！對了，她下一場演唱會是在樓下的爵士酒吧。別錯過喔！

在對話中「waiting」的情境裡，因為 Robin 強調看到那位女子等待的過程，所以使用 ~ing（現在分詞）；「sing」則表示為有聽過她唱歌的意思，因為這代表經驗，不是代表過程的意思，因此使用原形不定詞。

CHAPTER

14

觀察動態！
（被動語態）

THE PASSIC VOICE

既然提到過去分詞，我們也來討論一下過去分詞最具代表性、最常用的被動語態吧。實際上，在我教了這麼多年的英語，我發現到學生傾向在必須使用被動語態的情境中，不使用被動語態。其實仔細想想，學生避免使用不會太難的被動語態句型的現象，是因為他們的母語很少會使用被動語態表達，除非是特殊的情況。然而，看了許多英語被動語態的對話，同時熟悉它的使用方法，我毫無疑問地相信讀者們也能夠有自信地使用被動語態的句型。所以，Familiarize yourself with 被動語態句型！（請讀者們持續閱讀被動語態的例句，就會漸漸熟悉句型！）那麼，我們從讀者們高中時學過的公式〈be ＋ p.p ＋ by 行為者〉所形成的對話，輕鬆地開始這個章節吧！

Gentleman	Could you please move over a little bit?
Lady	I'm afraid this seat is already taken (by someone else).

男士	可以請你往那邊坐過去一點嗎？
女士	很抱歉，那個位置已經有人占了。（已經被其他人占走了。）

但事實上，在以上對話中的括號 by someone else 是美國人常常省略的部分。除了以上的對話，在日常對話中也不會使用「by 行為者」，只有在沒寫出來就會不知道是誰的情況下才會使用，如果在對話中很明顯可以看出「不用說也知道是誰～」，則會省略。現在，牛刀小試！請看以下被動語態的例句中，省略的「by 行為者」是誰呢？

(1) George W. Bush got re-elected in 2004.

George W. Bush 在 2004 年再度當選。

(2) This DVD player is made in China.

這台 DVD 播放器是在中國製造。

(3) I was born in Busan, South Korea.

我在韓國釜山出生。

（1）號例句中，布希再度當選的時候，選他的人是誰呢？事實就是這些人是美國人，而不是韓國人、中國人、墨西哥人，所以在句子中不一定要說「by American citizens」，全部的人都知道這個事實！同樣地，在（2）號例句中，事實是中國工人製造這台 DVD 播放器，所以不用特別說「by Chinese laborers」也能夠輕易知道。

在（3）號例句的情況下，「born」是動詞「bear」的過去分詞，有「生小孩；生產」的意思；如果再說媽媽把我生下來，句子就會變得很嘮叨！在這些情況之下，不需要再多說「by 行為者」是很正常的事。

然而，有時就算在上下文中不知道誰是行為者，也會省略「by 行為者」，在這種情況下，這些句子要表達的訊息就算不知道行為者是誰，也完全沒有關係。

(1) The meeting was cancelled.

　　這場會議被取消了。

(2) This picture was taken at Grandma's funeral.

　　這張照片是在奶奶的告別式上拍的。

在以上的兩個句子中，雖然不知道是誰取消了會議，也不知道是誰拍的照片，但是在句子脈絡上，行為者並不是特別重要。簡單來說，這些句子只是要表達某個人取消了會議，所以會議被取消的事實；某個人拍了那張照片，時間點是在奶奶告別式上拍的事實。

我們已經說明了「by 行為者」在被動語態句型中被省略的情況，那我們來透過以下兩段對話來確認它的真實性吧。

Teacher All the textbooks will be distributed this coming Thursday, and we will use handouts until then.

Student Ms. Berry, I have a question. I see a couple of computers in each classroom. Do they have Internet access?

Teacher Yes, they do. The modem will be plugged in all the time so that you can access the internet whenever you want to. However, the printer toner will not be changed more than once a month, which means the printer should be used only for school work.

老師　全部的教科書要到這週四才會發下來，在那之前，我們會先用講義。

學生　Berry 老師，我有問題。我看到每間教室都有兩台電腦。它們都有連接網路嗎？

老師　對，都有連接。數據機會一直連接電源，所以各位能在任何時間使用網路。但是，印表機墨水一個月不會換超過一次，所以這代表這台印表機只能用在學校事務上。

Patient My allergy is driving me crazy! It makes me blow my nose all the time, and I've **got a raw nose**[1]. Is there any medicine that can stop this runny nose?

Pharmacist Why don't you try this? This medicine should be taken two times a day. It will make you drowsy, but it will stop the runny nose.

1. get a raw nose: 流鼻水

患者　過敏把我逼瘋了！讓我總是要擤鼻涕，還一直流鼻水。有任何可以止住流鼻水的藥嗎？

藥劑師　你為何不試一下這款藥呢？一天要服用兩次。雖然會讓你想睡覺，但會止住流鼻水。

然而，當「by 行為者」在情境中必須使用的時候，就不能省略。

14_04_1

14_04_2

Matty There are too many typos in this document! Was this typed **by Jim**?

Cameron No, I typed it.

Matty I don't believe you! You're the most meticulous person in this building.

Cameron In fact, I almost got hit **by a motorcycle** on my way to work. I didn't get hurt, but I could not focus on what I was doing this morning.

Matty Oh, I'm sorry to hear that. Maybe you should go home and get some rest.

Matty 這份文件裡有太多錯字了！這是 Jim 打的嗎？
Cameron 不是，是我打的。
Matty 我不相信你說的話！你是在這棟建築物裡最細心的人。
Cameron 老實說，我在上班的路上差點被摩托車撞。雖然我沒受傷，但我早上沒辦法集中精神工作。
Matty 喔，我很抱歉聽到這件事。或許你應該要回家休息一下。

從以上對話中聽到 Matty 所說的，可以發現到誰打這份文件在句子中扮演重要的角色，所以如果省略「**by Jim**」，就會無法完整表達出意思。在 Cameron 所說的句子中也是一樣，因為要強調差點被摩托車撞這個事實，所以他沒有省略「**by a motorcycle**」。

除此之外，在被動式的句子中，還有行為者不使用 by，而是使用其他介系詞的情況。

231

14_05_1

14_05_2

Dylan	I got laid off.
Leo	That's too bad. Are you alright?
Dylan	Actually, I wasn't surprised **at** the news. I didn't like the job anyways.
Leo	Oh, didn't you enjoy your work?
Dylan	Don't even get me started on it. I don't think I'**m cut out to be**[1] an architect. Besides, I **dropped the ball**[2] ▶ on my last project.
Leo	I'm sorry it didn't work out. So, what's your dream job?
Dylan	I don't know, but I'm interested **in** social work. If I could help lots of people, I would be really satisfied **with** my job.
Leo	That sounds like a rewarding career!

1. be cut out to be ~：天生有～；有～才能
2. drop the ball：（因為愚蠢或粗心）犯錯誤；搞砸

Dylan	我被解雇了。
Leo	那真是太糟了。你還好嗎？
Dylan	事實上，我對這個消息並不感到意外。反正我也不是很喜歡這份工作。
Leo	喔，你不享受你的工作嗎？
Dylan	說到這個我就一肚子氣。我不覺得我天生就是建築師的料。再加上，我搞砸了上一個計畫。
Leo	我很遺憾事情沒有很順利。所以，你的理想工作是什麼呢？
Dylan	我不知道，但我對社會工作滿有興趣的。如果我能夠幫助很多人的話，我會對我的工作感到很滿足。
Leo	聽起來真的是收獲良多的職業！

▶ I drop the ball. 這句話字面上的意思能夠解釋為「我掉球了」，但也能夠表達搞砸某件事情。這是在美式足球比賽中會出現的話，因為如果在比賽中掉球，可能會讓自己的隊伍陷入不利的狀況，而衍生出這種用法，請體諒我這個體育界的門外漢。

Samantha	I'm tired **of** eating the same thing. Can we try something else today?
Rebecca	We can go to the cafeteria on campus.
Samantha	I'm fed up **with** that cafeteria!
Rebecca	Then, why don't we try the brand new pizza place nearby? It's known **to** everyone!

Samantha	我對重覆吃同樣的東西感到厭煩。我們今天可以嘗試點別的嗎？
Rebecca	我們可以去校園內的自助餐廳。
Samantha	我受夠了那間自助餐廳！
Rebecca	那麼，我們要不要去附近新開的披薩店呢？那間店大家都知道！

所以，你現在還沒有發現到目前所讀到的對話中，被動語態有什麼不一樣的地方嗎？There's something about 被動語態！細心的讀者會發現被動語態的結構不是只有使用「be」動詞，還有使用「get」。這時候，關於「be」和「get」的差異，會在【動詞篇】來說明「動作動詞」與「狀態動詞」的差異，到時就會很容易理解。在這種情況下，「be」表示為狀態（state），以及「get」表示為動作（event／action）。來舉幾個簡單的例子：

CASE 1

I am married. 我已婚了。

CASE 2

I got married in 2004. 我在 2004 年結婚。

在（case 1）的情況中，什麼時候結婚並不重要，而是要表達現在已經是結婚狀態的例句。相反地，在（case 2）的情況中，是要表達在 2004 年已經舉行了結婚典禮，因此能夠轉換成表達以 2004 年為基準點的 marital status（是否已婚）來得知是否結婚的

真相，在句子中，比起「got married」的狀態，更能夠看出某時間點所發生的動作。請先知道這點就好，接下來我們讀一下 Elvis 和 Mandy 的對話吧。

14_07_1

14_07_2

Elvis　Sorry I'm late. I was trying to take a shortcut, and I got lost somewhere on Park Avenue. Then, I got caught in traffic on Tennessee Street. Anyways, dinner's on me.

Mandy　I do appreciate it because my budget is really tight. On top of that, I'm now unemployed; I got fired today.

Elvis　What in the world happened?

Mandy　Man, my boss is such an obnoxious man! I got frustrated when he made mean jokes about me, and this time, I stood up to him. It felt so good, but he was really pissed and said, "You are fired!"

Elvis　How could he be so immature?

Mandy　I think he is spoiled; he **was born with a silver spoon in his mouth**[1].

Elvis　No wonder he's such an inconsiderate person. In any case, are you feeling alright?

Mandy　At first, I was flabbergasted, but I feel much better now.

Elvis　My friend, fortunately, that's history. I would just let it go and apply for another job.

---

1. be born with a silver spoon in his mouth.: 嘴裡含著銀湯匙出生，表示從有錢人家出生。

Elvis	抱歉我晚到了！我試著要走捷徑，結果在 Park 大道上迷路了。後來，我又在 Tennessee 街上塞車。總之，這頓晚餐算我的。
Mandy	真的很感謝，因為我現在手頭很緊。再加上，我現在是失業狀態，因為我今天被解雇了。
Elvis	到底發生什麼事了？
Mandy	老天，我老闆真的是個讓人討厭的人！當他對我開不好笑的玩笑話時，會讓我感到很沮喪。所以，這次我也反擊回去，心情也很好，但他就突然很生氣地說：「你被開除了！」
Elvis	他怎麼這麼不成熟？
Mandy	我想他是被慣壞了，因為他是含著銀湯匙出生的人。
Elvis	難怪他是如此不體貼的人。那麼，你感覺還好嗎？
Mandy	雖然剛開始我感到很荒唐，但現在感覺好多了。
Elvis	我的朋友，幸好那件事情已經過去了。要是我的話，就會把這件事放下，然後找別的工作。

在最後，這種被動語態不只出現在動詞片語中，還能夠在之前學過的 to 不定詞與動名詞中看到。因為讀者們到已經很努力地學習了被動語態、動名詞和 to 不定詞，所以不需要再多做說明！現在我們來聽各式各樣的對話，並培養使用語感即可。Let's get started!

Professor　Since we already covered Krashen's Monitor Hypothesis, let's move on to Chapter 9. You can see the topics to be covered today on page 119.

Student　Dr. Bush, there's nothing on page 119. I think we're on the wrong page.

教授　因為我們已經學過了 Krashen 的監控假說，所以跳到第 9 章。各位能夠看到今天所要來討論的主題是在第 119 頁上。

學生　Bush 教授，第 119 頁什麼都沒有。我覺得我們翻錯頁了。

Kim　Shoot, I just spilled curry on my turtleneck!

Brittany　If it needs to be washed right away, you can use my washer and dryer.

Kim　Thanks, but this turtleneck needs to be drycleaned.

Kim　怎麼辦，我把咖哩灑到高領套頭衫上了。

Brittany　如果現在就要洗的話，你可以用我的洗衣機和烘衣機。

Kim　謝謝，但這件高領套頭衫需要乾洗。

John　I couldn't get another job after getting fired, so I decided to run for the upcoming mayoral election. Being elected as mayor would be a great thrill!

Rick　Excuse me? You've decided what?

John　我在被解雇後，找不到其他工作，所以我決定要出來競選下一屆市長。當選市長會是讓人感到興奮的事情呀！

Rick　什麼？你已經決定了什麼？

14_11_1

14_11_2

Eve   I wanna make Steve happy, but I don't know what he really wants. Although he's my husband, he's sometimes hard to read.

Adam   I kind of know what he wants. Do you know the joy of being appreciated? Show him the fact that you appreciate his existence. Something simple as that could make his day.

Eve   我想要讓 Steve 快樂,但我不知道他真正想要什麼。雖然他是我老公,但是有時候很難讀懂他的心。

Adam   我有點知道他想要什麼。你知道被感謝的喜悅嗎?直接跟他表達你很感謝他的存在。像這樣簡單的事情能夠讓他開心。

14_12_1

14_12_2

Mark   I'm so pissed off! What do you do after being humiliated?

Eric   I would just let it go. You know, no one likes the feeling of being humiliated. Why? What happened?

Mark   Do you know Patty Jackson? I asked her out to dinner, and she stood me up.

Eric   Sorry to hear that, but it seems more like being rejected. Maybe that's her way of saying no.

Mark   我真的很火大!你被羞辱後,會怎麼做?

Eric   我會把這件事放下。你知道,沒有人喜歡被羞辱的感覺。怎麼了?發生什麼事情了?

Mark   你知道 Patty Jackson 嗎?我約她吃晚餐,結果她放我鴿子。

Eric   很抱歉聽到這種事情,但這聽起來(比起羞辱)似乎更像是拒絕。或許那是她拒絕的方式。

對學習英文有幫助的
外語學習理論 4：

正確使用文法的祕訣正是檢查！

在村子裡，有個名叫萬得的人在學英語。但是，萬德學到的過去式就是原形動詞後面加 -ed，之後他就停止學英語了，並到美軍部隊的餐廳工作。在用基本對話就可以溝通的時候，萬德對自己的實力很有自信，並照自己所知道的～馬上用英語表達……例如，沒有學過過去式不規則動詞的他，在表達所有動詞的過去式時，都無條件地在原形動詞加上 -ed。忙碌的美國軍人也沒有糾正他的英語錯誤，大家都是吃飯後就馬上離開。隨著時間消逝，過了幾年之後，有個親切的美國軍人糾正了萬德，go 的過去式不是「goed」而是「went」。那一瞬間，原本對於說英語很有自信的萬德大受打擊，那天晚上回到家後，他翻開他唯一一本初級英語文法書，並讀了說明過去式動詞的章節，最後他發現，原來英語的過去式還有像是「had」與「went」的不規則變化！！所以，該怎麼辦……很可惜地，過去式的公式「原形動詞＋ -ed」已經深入他的習得系統，也定型了……因為他很長時間都是這樣用，不論現在如何矯正，也會不自知地從嘴巴跑出「I haved...」、「I goed...」。用專有名詞來說明萬德的情況就是「僵化現象」（fossilization）▶。換言之，錯誤的英語文法已經深入萬德的習得系統，就像僵化一般，所以即使他現在知道錯誤，卻無法改變這種情況。那麼產生僵化現象的原因到底是什麼呢？沒有辦法預防這種糟糕的情況嗎？這兩個問題，能夠從 Krashen 的另一個理論「監控假說」中找到答案。

▶ 英語的「Fossilize」能夠解說為「僵化／固定化」，在外語學習理論中，「Fossilization」（僵化現象／固定化現象）表示錯誤的英語表達或錯誤的文法結構，在長時間使用下而深植學習者的語言系統，造成很難進行修正的狀態。

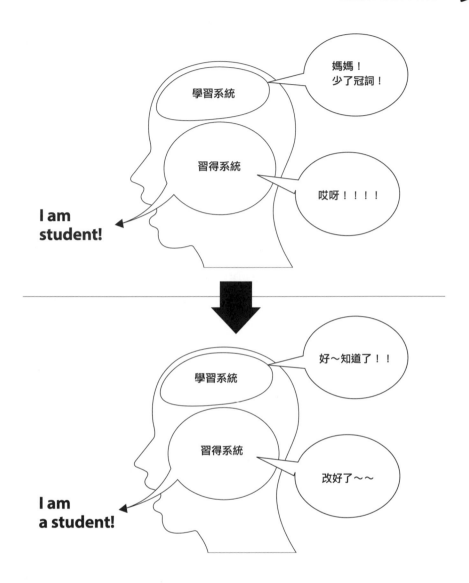

我前面有強調過，在英語學習中，習得比學習更重要。但是，這只是強調習得是語言教育中應該更被重視的終極目標，而不是要完全忽略學習這部分。原因可以透過 Krashen 的監控理論來輕易理解，而該理論顯示出學習與習得是如何在我們腦袋中相互作用的。「監控理論」就如同字面的意思，是指我們在說外語的時候，大腦會開啟監控系統檢查這些外語的理論。

Krashen 指出在我們說外語的時候，大腦會有兩種系統運作。一個是在習得中的系統（The Acquired System；以下簡稱為習得系統），另一個是在學習中的系統（The Learned System；以下會簡稱為學習系統）。當我們在說英語的時候，透過我們的嘴巴所說的英語是由習得系統所產生的。簡單來說，只有在習得系統（！）中儲存的語言，才是我們能夠自由使用的字彙，所以習得在語言教育中是最終極的目標。但學習系統是不會只是坐在那裡看熱鬧、吃東西的。**學習系統所扮演的角色是：檢查習得系統所創造出來的東西是正確的還是錯誤的。**

我們來看一個具體的例子。例如，如果想要用英語說『有兩顆蘋果』的話，我們假設習得系統會產生『There is two apple.』。這時候學習系統會馬上介入、檢查，並表示：『學到的不是那樣吧。two 的話是兩顆，所以要用複數，所以不是 apple 而是 apples。而且，因為是複數形主詞，所以動詞不是 is 而是 are！』如此一來，習得系統會接受學習系統的意見，並馬上去修正成「There are two apples.」。在這裡單引號（「」）所產生的句子會是實際上從我們嘴裡說出來的句子；雙引號（『』）裡的句子可視為我們在腦中發生的想法。我們所說的話雖然是由習得系統所產生，但是會接受學習系統的檢查，也就是**學習系統檢查的同時，也會修正習得系統產生的英語句子。**所以為了要讓英語文法正確且熟練，最後我們無法忽略學習系統所扮演的檢查角色！換句話說，我常常強調，為了要達到用正確文法說英語的階段，也就是為了要達到英語文法習得的目標，必須要讓習得系統成長並持續接受學習系統的檢查。

尤其透過萬德的例子，我們可以知道，如果學習系統沒有儲存到內容，就會變成想要檢查也無法檢查的情況。換句話說，萬德的例子讓我們學到，為了不讓錯誤的英語在我們的語言系統中僵化（固定化），直到英語成為我們的一部分之前，不能忽視學習與檢查的重要性。特別是！！！！！！！！在英語內化成自己的一部分後，開始產生能與母語人士溝通的自信的那個瞬間，就必須要更

勤勞地學習與檢查！因為口說有自信，而胡亂使用英語的話，很容易會使錯誤的文法與表達僵化，定型於讀者的習得系統之中。在停止學習與檢查的那個瞬間開始，就會加速僵化現象的出現，也因此很難去期待語言實力的提升。

最後在監控理論中，我想要再次強調適當地檢查！！這個事實。如果太嚴格地檢查，會讓自己無法開口說出任何句子，如果無法說出任何句子，就沒有辦法達成語言習得。再加上太過關注在要說出文法正確的句子而過度檢查的話，也會很難去體會習得必要的 meaningful interaction 過程。因此，我很尊敬的 Frederick L. Jenks 教授說過，嘗試每個句子都用完美的文法是典型失敗語言學習者的習慣。再舉一個例子，我有個朋友在小酌時，英語會說的很好（實際上我也在場），根據監控理論，這是有道理的。因為在有點醉又微醺的狀態下，學習系統的監控功能無法正常發揮作用，所以沒有任何顧慮，就可以很流暢、自然地用英語表達出來。

我的結論就是要進行適當地檢查。「持續學習英語並且不忽略學習與檢查」以及「隨心所欲沒有進行檢查地習得英語」這兩者是天與地的差別！用較專業的話來說明就是，天壤之別！更可怕的是，這兩者的差異會隨著時間而加劇。

CHAPTER

15

我是名詞的裝飾！
（形容詞）

ADJECTIVES

形容詞出現在名詞前面做為修飾的角色，不管是在中文或是英語中，皆能夠看到相同的現象，所以學生們在這個部分幾乎不會犯錯。讓我們透過對話來確認我們已經理解的部分。

15_01_1

15_01_2

Phil	What a day!
Chandler	I hear you, man! We had a pretty tough day!
Phil	Why don't we go to the movies or something?
Chandler	Is there any relaxing movie?
Phil	I heard that a **sequel**[1] to "Ratman" was just released!
Chandler	Ratman? According to Tim, watching that movie is a sheer waste of time.
Phil	Then, what about a Jazz concert? My friend, Avis Berry, is singing tonight at Café Kabernet.
Chandler	What a nice surprise! She's a musical genius, but recently, she doesn't sing as often as she used to. What time does it start?
Phil	Around 7:30, I guess.
Chandler	Then, I don't think we have enough time to have a fancy dinner. Let's just **grab a quick bite to eat**[2] before we leave.
Phil	That sounds like a plan! We actually have some bite-size sandwiches, which are **leftovers**[3] from Wednesday's potluck.
Chandler	Fabulous!

1. sequel: 續集
2. grab a bite to eat: 簡單吃；隨便找東西吃
3. leftovers: 吃剩的食物

Phil	真是漫長的一天！
Chandler	你說的對，老兄！我們今天真的過得很累！
Phil	我們要不要去看電影什麼的？
Chandler	有什麼讓人感到放鬆的電影嗎？
Phil	我聽說 Ratman 的續集才剛上映！
Chandler	Ratman？聽 Tim 說，看那部電影只是浪費時間而已。

Phil	那麼聽一場爵士演唱會如何？我朋友 Avis Berry 今晚會在 Kabernet 咖啡廳演唱。
Chandler	真是個好消息！她是音樂天才，但她最近不像以前一樣很常唱歌了。是什麼時候開始呢？
Phil	應該是 7 點 30 分左右。
Chandler	那樣的話，我想我們沒有時間可以享受豐盛的晚餐。我們就在離開前簡單吃一下吧。
Phil	真是好點子！我們其實還有一些小塊的三明治，這是星期三的百樂餐（potluck▶）派對上吃剩的。
Chandler	太好了！

▶ Potluck（百樂餐）是指受到邀請的人各自帶一點食物去參加派對，這在美國是很常見的派對形式。因為是招待派對的人提供場地，所以通常只會準備飲料，大部分的情況是受到邀請的人帶食物。我的朋友甚至在他小孩周歲的時候，用 Potluck 的方式慶祝。我也在考慮，今年冬天回韓國的話，要跟很想念的朋友們一起辦 Potluck 派對。「我會準備好飯，你們就一個人帶一樣配菜來吧！」

就如讀者們所知道的，形容詞修飾名詞的功能在文法上並不困難，所以我們只需知道單字的意思就能簡單地使用了。形容詞的修飾功能在之前學過的動名詞也有出現過……

15_02_1

15_02_2

Tom	(somewhat irritated) Could you please please slow down? I think you're driving too fast.
Tim	I'm driving fast, but I'm driving safely as well.
Tom	Stop talking nonsense! Everybody knows slow driving is safe driving.
Tim	But driving slowly makes me sleepy, which means slow driving is not always safe driving.

We had a pretty tough day!

Yeah. I understand slow walking burns more calories than fast walking.

Everybody knows slow driving is safe driving.

What a nice surprise!

Slow driving is not always safe driving.

We actually have some bite-size sandwiches.

Is there any relaxing movie?

ADJECTIVES

Tom	（有點惱怒的語氣）可以麻煩你放慢速度嗎？我覺得你開得太快了。
Tim	雖然我開很快，但我也開得很謹慎。
Tom	別胡說了！大家都知道慢慢開才是安全駕駛。
Tim	但開很慢會讓我想睡，這表示慢慢開不是總是安全駕駛。

提供給你參考，在對話中 Tim 所說的最後一句標示藍色的動名詞部分，不只能夠接受形容詞的修飾，還能夠接受副詞的修飾。在這裡所需要注意的主要部分是，**形容詞在動名詞前面做修飾；副詞在動名詞的後面做修飾**。我相信現在應該沒有讀者要去畫線並把標示藍色的部分背起來吧。如果說讀到這本書第十五章，還有讀者改不掉習慣要死背的話，WOW~ NO! 真不敢想像。別光是死背，要自己去思考、理解，我想要再強調一次，接觸各式各樣的例子來培養使用文法的語感，才是最重要的鑰匙～我們來想一下這些動名詞所具有的特性吧。雖然在情境中的功能是名詞，但是他們本身是以動詞的身分出現，因此也有包含動詞的意思。所以，就如同它的名字一樣，是帶有一點動詞與一點名詞特性的動名詞！（對剛開始把英語的「gerund」翻譯成中文的「動名詞」的人表示敬意！）所以，如果想要強調動名詞中的動詞意思，可以用副詞來修飾，這時候動詞與副詞會以一般組合（動詞＋副詞）的相同形態出現，因此在動名詞後面會自然地連接副詞。相同地，使用動名詞的名詞功能能夠用形容詞來修飾，這時名詞與形容詞會以一般組合（形容詞＋名詞）的相同形態出現，因此動名詞前面就會理所當然地連接形容詞。我相信讀者們現在已經熟悉了這些用法，那我們來透過對話實際操作這些文法吧。當然，這全～都是為了要培養使用文法的語感！

15_03_1

15_03_2

Brit I feel so fat these days, and I need to lose some weight.

Jill Would you **cut it out**[1]? You're a **twig**[2]!

Brit Believe me! I've gained too much weight in the last couple of months, and I'm trying to find out the fastest way to remove my beer belly.

Jill Well, I don't know about a beer belly, but I heard somewhere that **slow** walking is good for obesity.

Brit Does that mean I can lose weight just by walking **slowly**?

Jill Yeah. I understand **slow** walking burns more calories than **fast** walking.

1. cut ~ out ~ : 停止做～
2. twig: 雖然原意是「小樹枝」，但在這裡是比喻很瘦的女生。

Brit 我這幾天感覺很胖，我需要瘦幾公斤。

Jill 你可以停止減肥嗎？你瘦得跟樹枝一樣。

Brit 相信我！我在最近幾個月已經增加很多體重了，我正試著找最快速的方法來消除我的啤酒肚。

Jill 嗯，我不知道什麼是啤酒肚，但是我聽說慢走對肥胖有效果。

Brit 意思是說，我可以透過慢走來減肥嗎？

Jill 對。我理解到的是，慢走比快走消耗更多熱量。

15_04_1

15_04_2

Yoga Teacher Welcome to our yoga class. Today, we'll practice **deep** breathing. Breathing **deeply** helps you to release stress. Let's get started! Inhale slowly and then, exhale. Inhale and exhale. Let the energy flow through you.

| 瑜珈老師 | 歡迎來到我們的瑜珈課。今天我們要來練習深呼吸。深呼吸可以幫助你消除壓力。我們來開始吧！慢慢地吸氣，再吐氣。吸氣、吐氣。讓能量流過你的身體。 |

到現在為止，你已經看到了不管是在名詞還是動名詞的前面皆能用形容詞來修飾，也知道了名詞也有形容詞的功能。換句話說，一個名詞有時候能夠修飾其他名詞，與形容詞有相同的功能，我們來舉幾個簡單的例子：math book（數學書籍）、movie theater（電影院）、grammar class（文法課）、key chain（鑰匙圈）等等。雖然 math、movie、grammar、key 全部都是名詞，但讀者們在例子中可以很輕易理解到，這些名詞都是做為修飾書本、劇院、課、鏈圈的形容詞角色。要注意的是，這些名詞中有的在日常生活中，有時可以做為複數名詞使用，但這些名詞在當作**修飾其他名詞的角色使用時，只能用單數形態**。例如，麵條在英語中都是使用「noodle」的非複數形，雖然也有說「noodles」（麵條不會只吃一條，而是都是許多條一起吃不是嗎？），但這個單字在形容其他名詞的時候，不是使用複數形，而是使用單數形。我們再看其他例子：

- noodles 麵條 → noodle dish 麵食料理
- shoes 鞋子 → shoe rack 鞋架、shoe department 鞋子專區
- chopsticks 筷子 → chopstick user 使用筷子的人
- scissors 剪刀 → scissor set 剪刀組
- teeth 牙齒 → toothpaste 牙膏、toothbrush 牙刷

💬 • He's five years old. vs. He's a five-year-old boy.
他五歲。vs. 他是個五歲的小男孩。

• There are 2 bedrooms in the apartment.
vs. It's a 2-bedroom apartment.
這間公寓裡有兩間房間。vs. 那是個兩房的公寓。

• There are 3 pieces in the set. vs. It is a 3-piece set.
一組有三個。vs. 這是三組件。（三個一組）

當然，跟其他的文法規則一樣，這個規則也有例外：

💬 • sports car: sports 在許多情況之下使用複數形，甚至在做為形容詞使用的時候也一樣。
• pants department: pants 如果用單數形，就無法表達其意思！
• jeans department / shorts department: 與 pants 相同的理由，因此使用複數形。
• women baseball players: 上述規則不適用於表示人的表達。

那麼，我們透過下列對話來確認一下
到目前為止所學習的內容吧？

15_05_1

15_05_2

Linda	Something smells very good. What's for dinner?
Louise	I cooked some noodles for you.
Linda	Super! I love noodles!
Louise	Alright! It's done. Here are your spoon and fork.
Linda	Where are my chopsticks?
Louise	Your chopsticks? Since when did you become a chopstick user?

Linda	**C'mon**[1], girl! We're eating a **noodle** dish. I want to try the authentic way!
Louise	Alright! I'll get you a pair of chopsticks.

1. C'mon = Come on

Linda	有東西聞起來很香！晚餐吃什麼？
Louise	我煮了一碗麵給你。
Linda	太好了！我很愛吃麵。
Louise	好了，煮好了！這是你的湯匙跟叉子。
Linda	我的筷子在哪裡？
Louise	你的筷子？你從什麼時候開始變成用筷子的人了？
Linda	你看！我們現在不是要吃麵食料理嘛。我想要用真正的方式吃。
Louise	知道了！我去幫你拿雙筷子。

15_06_1

15_06_2

Jen	A brand new department store has just opened in the mall on Monroe Street. Do you wanna go there with me?
Tammy	Sure! Do you have something to buy?
Jen	Not really, but I wanna check out their **shoe** department. You know how much I love shoes.
Tammy	While you're looking around in the shoe department, can I stop by the **pants** department? I'm not really interested in shoes, but I need to buy a pair of jeans.
Jen	Suit yourself!

Jen	全新的百貨公司在 Monroe 街的購物中心開幕了。你想跟我去嗎？
Tammy	好啊！你要買什麼嗎？
Jen	沒有，但是我想要去鞋子專櫃。你也知道我有多喜歡鞋子。
Tammy	在你逛鞋子專櫃的時候，我可以去褲子專櫃嗎？雖然我沒有對鞋子感興趣，但是我需要買一條牛仔褲。
Jen	你想怎樣就怎樣吧！

但是！！

我說「學形容詞是最簡單的」的同時，在決定要寫在書上的剎那間，突然想到形容詞不是只有在前面修飾，還有只能在後面修飾的單字。果然，世界上沒有簡單的事！這就是我之前在 Chapter. 10 中暫時提及到的 thing、thing、thing 結尾的單字～♫ thing's family! 那麼我們來切入重點，現在我把想要說的用一句話來說明，**something**、**nothing**、**anything**、**everything** 等單字，形容詞不是在前面而是在後面做修飾。類似的單字 **somebody**、**anybody**、**someone**、**somewhere** 等也是一樣。

Felicia	It's freezing out there!
Kim	Come on in, can I get you something **hot**?
Felicia	Anything **hot** and **sweet** will do.
Kim	What about raspberry sweet tea?
Felicia	Fantastic! Thanks, you're the **bomb-diggity**[1]!

1. bomb-diggity: 表達某件事很讚的俚語

Felicia	外面好冷喔！
Kim	快進來。要給你一杯熱飲嗎？
Felicia	任何熱又甜的飲料都好。
Kim	那覆盆子甜茶如何？
Felicia	太棒了！謝謝，你最讚了！

Jeffrey	Hey, Jesse! What's up, dude?
Jessee	Not much. Where are you headed?
Jeffrey	I'm on my way to Lake Alla.
Jessee	Is there something **new** there?

Jeffrey	Nothing **special**. I just have a date at White Dog Café there.
Jessee	With **someone special**?
Jeffrey	Since it's a blind date, I don't know anything about her yet. Let's see if she's the one for me!

Jeffrey	嗨，Jesse！朋友，過得好嗎？
Jessee	還好。你現在要去哪？
Jeffrey	我在去 Alla 湖的路上。
Jessee	那裡有新鮮事嗎？
Jeffrey	沒有什麼特別的。我只是要去那裡的 White Dog 咖啡廳約會。
Jessee	跟特別的人嗎？
Jeffrey	因為這是和不認識的人約會，我還不知道她的任何事情。來看看她是不是適合我的人！

既然說到形容詞，當然也不能漏掉比較級與最高級！

- **規則變化**：sweet ＜ sweeter ＜ the sweetest

  （甜的 ＜ 更甜的 ＜ 最甜的）

- **有點長的單字**：ridiculous ＜ more ridiculous ＜ the most ridiculous

  （荒謬的 ＜ 更荒謬的 ＜ 最荒謬的）

- **不規則變化**：good ＜ better ＜ best/bad ＜ worse ＜ worst

有了以上的例子！讀者們已經學習到差不多的程度了！
現在我們把衣櫃裡的駕照拿出來，開車吧！

253

15_09_1

15_09_2

Erwin	Seoul is such an expensive city! I've never seen any city that is as expensive as Seoul.
Chris	I know what you mean, but Tokyo is a more expensive city than Seoul.
Erwin	Is that right?
Chris	Oh, absolutely! When I went there on a business trip, I couldn't afford a lot of things.
Erwin	I wonder what the most expensive city in the world is.
Chris	According to BBC news, it's Moscow.

Erwin	首爾真的是個物價很高的城市！我從來沒有看過任何城市像首爾一樣貴。
Chris	我懂你的意思，但東京的物價比首爾更貴。
Erwin	真的嗎？
Chris	喔，當然！我去那裡出差的時候，我沒辦法買得起很多東西。
Erwin	我想知道全世界最貴的城市是哪個。
Chris	根據 BBC 新聞的報導，是莫斯科。

15_10_1

15_10_2

Julia	My fiancé is visiting me for the holiday, but I'm a little disappointed.
Maria	Why? Isn't it exciting?
Julia	Sure, it's a great thrill! But the sad part is he's not gonna stay here for more than four days. We've been in this long distance relationship for about three years, and he's always too busy to spend more than a week with me.

Maria	I'm sorry to hear that. But, you know, it's better than nothing.
Julia	I know I'm being greedy, but loving and being loved is very important for me.

Julia	我未婚夫在這次的假期要來看我，但我有點失望。
Maria	為什麼？不是應該興奮嗎？
Julia	當然是讓人很興奮的事情！但是我難過的是他不會待超過 4 天。我們遠距離戀愛已經三年了，但他總是太忙，所以沒辦法陪我超過一個禮拜。
Maria	我很抱歉聽到那樣的事情。但這不是比沒辦法陪你還要好嘛。
Julia	我知道我很貪心，但是愛人與被愛對我來說很重要。

除此之外，只要提到形容詞的話，就不能遺漏的是冠詞與形容詞的結合！定冠詞（the）和形容詞結婚的話，就會生出一群人：

- the ＋ rich → the rich （有錢人：rich people）
- the ＋ poor → the poor （貧窮人：poor people）
- the ＋ smart → the smart （聰明的人：smart people）
- the ＋ stupid → the stupid （愚笨的人：stupid people）

如同我們所知道的，雖然這些形容詞與「the」一起，但以上所指的是全部人的特性，而不是指特定的人物，是廣泛的通稱表達。例如「the rich」不是指特定的有錢人，而是表達為全部有錢人的意思；「the smart」不是指特定聰明人，而是指全世界的聰明人的通稱。

15_11_1

15_11_2

| Avery | The rich tend to look down on the poor. |
| Robert | I know what you're saying, but not all rich people are like that. One of my acquaintances is a multimillionaire, but he's pretty modest and always tries his best to help the less fortunate. |

| Avery | 有錢人有瞧不起窮人的傾向。 |
| Robert | 我懂你說的意思，但也不是全部的有錢人都會那樣。我有個熟人是個大富翁，但他非常謙虛，而且總是盡力幫助較不幸的人。 |

除此之外，形容詞與冠詞還有另一種特別的組合，我們先從對話開始看吧。

15_12_1

15_12_2

| Student A | Do you know who our new teacher is? She's the amazing Molly Rudolph! |
| Student B | Awesome! |

| 學生A | 你知道新來的老師是誰嗎？她是那位令人驚奇的 Molly Rudolph！ |
| 學生B | 太棒了！ |

就算讀者不知道誰是「Molly Rudolph」也能夠從句子中得知這是一個人的名字。但是為什麼在人的名字前面要加上冠詞呢？我的老師之前跟我說過，人名前面不加冠詞……如果說這是例外的話，有句話說道，沒有規則是沒有例外存在的。**人名如同以上對話所示，在接受形容詞修飾的時候會與冠詞連接。**在這些表達的情況之下，雖然世界上有很多人叫 Molly Rudolph，但這裡是指在那之中選定的「<u>那位令人驚奇的</u> Molly Rudolph」，所以需要連接 the。簡單來說，這是為了要在句子中強調形容詞的意思。

CHAPTER

16

A，你往後走！
（A－形容詞）

A-ADJECTIVES

我們在上一個章節學到的主要重點是，形容詞是修飾名詞／代名詞的角色，不管是前面或是後面修飾，然而讀者都已經知道形容詞不只是修飾名詞，還能夠做為動詞的補語角色。我們在學校學習的時候，有學過形容詞的兩種角色，也就是「限定用法」與「敘述用法」的文法。但那不是問題！！

我們在使用這類形容詞補語時，會毫不猶豫地將它連接在「be」或是「become」後面；卻不願在其他動詞後面連接形容詞補語。我們在國、高中背了很多感官動詞與形容詞補語連接的表達方法，例如：look、sound、smell、taste、feel 等，所以很擅長使用，然而美國人們真的真的很常使用的 go、get、turn、grow、stay、remain、seem、keep 等動詞與形容詞補語結合的結構，如果不是很常使用英語的朋友，就不會常用這些組合。我能理解學生不常使用這些句子結構的理由，它們不會很難，學生並不是因為不知道而不常使用，而是因為他們不熟悉這種句構。因此，在多樣的對話中，讀者可以看到對話的用法，同時從中熟悉這種句構的用法。如果有機會的話，請好好發揮使用一下⋯⋯

16_01_1

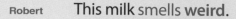

16_01_2

Robert	This milk smells **weird**.
Simon	It looks **okay** to me. Let me taste it. Ewww! You're right! It went **bad**.
Robert	So, how does rotten milk taste?
Simon	Man, it tastes **sour**.

Robert	這個牛奶聞起來很怪。
Simon	我看覺得還好。讓我嚐嚐看。 嗯!你說對的!這壞掉了。
Robert	所以,壞掉的牛奶味道怎樣?
Simon	天啊,味道真酸。

16_02_1

16_02_2

Meg	Hey, look out the window! The field started to turn **green**; it looks like Spring is just around the corner.
Amy	Tell me about it! The weather is getting **warmer** and **warmer**, and it feels so **good** to take a walk outside.
Meg	Do you take a walk every day?
Amy	I didn't used to, but now I do. As I grow **older**, I seem to gain more weight, and I know for a fact that walking is the best exercise.

Meg	嘿,你看窗外!原野開始變綠了;看起來春天就要來了。
Amy	我也那樣認為!天氣越來越暖和,在外面散步感覺真的很好。
Meg	你每天都會散步嗎?
Amy	我以前不常,但現在我很常去。隨著年紀越來越大,我的體重好像越來越重,而且我知道走路是最棒的運動。

16_03_1

16_03_2

Rachelle	Jen seems depressed. What's with her?
Miah	Didn't you hear that she and her husband had a car accident?
Rachelle	Oh, no! When did that happen?
Miah	On Tuesday. She didn't get hurt, but her husband was knocked unconscious. He's still in a coma. According to Jen, the doctor says he will regain consciousness soon. But she's still worried that he might remain unconscious.
Rachelle	If the doctor says so, he's gonna be alright. Let's just hope for the best!

Rachelle	Jen 好像有點憂鬱。她發生什麼事了？
Miah	你沒聽說她跟她老公出車禍了嗎？
Rachelle	喔，不！什麼時候發生的？
Miah	在星期二。她沒有受傷，但是她老公撞擊後失去意識。他現在還在昏迷。聽 Jen 說，醫生說他很快就會恢復意識。但是她很擔心她老公可能會一直處在昏迷狀態。
Rachelle	既然醫生那樣說，他會很快就沒事的。我們只能盡量往好處想！

好～我們來總整理一下學到現在的內容，形容詞有兩個主要的功能，第一個是修飾名詞／動名詞（限定用法）；另一個是在動詞後面當作補語的角色（敘述用法）。但是某些形容詞是絕對無法當作在前面修飾名詞的角色！絕對無法，它們只能夠在動詞後面當作補語的角色。這些形容詞有 alive、afraid、asleep、aloof、alone、awake、aware、alike、afloat 等，如你所看到的，這些形容詞都是 A 做開頭的單字，美國的英語老師稱這些為「A-adjectives」（A－形容詞）。每次在看到可以稱為 A－形容詞最具代表的單字「alive」時，我都會想起以前韓國有個大醬的廣告。有個外國科學家用顯微鏡看大醬的時候，突然很感動地說 It's alive！也就是說，「alive」這類 A－形容詞能夠在動詞後面做為補語的角色，卻無法在名詞前面修飾。也就是說，「alive 大

醬」和「alive animal」或「alive man」全部是錯誤的！我們透過對話來看一下無法在前面修飾，只能夠在後面修飾的 A－形容詞的用法吧。

16_04_1

16_04_2

Daughter	Mom, why do I have to stay **away** from the microwave when it's running?
Mom	Because the microwave oven produces radiation, which is bad for you.

女兒	媽媽，為什麼當微波爐在運轉的時候要離得遠遠的呢？
媽媽	因為微波爐會產生電磁波，那對你會不好。

16_05_1

16_05_2

Mike	Did the twin babies fall **asleep**?
Abe	One did, but the other is still staying **awake**.
Mike	Which one is **awake**?
Abe	I can't tell who's who. They look **alike** to me.

Mike	雙胞胎睡著了嗎？
Abe	一個睡著了，但另一個還是醒著的。
Mike	哪一個還醒著？
Abe	我不知道誰是誰。 他們對我來說很像。

如果要再補充的話，在以上對話中，標示成粗體的形容詞全部都是 A－形容詞，所以是不能在名詞前面修飾的限定用法。換句話說，「**asleep** baby」、「**awake** baby」、「**alike** twins」全部都是錯誤的表達。

最後來講我想要說明關於形容詞的敘述用法，來做為這本書的結尾吧。

最後我要說明的是形容詞相關的表達，而不是文法，所以讀者們不要太緊張，可以放～輕鬆並平靜地閱讀。在英語中，有本身就是形容詞、同時還能做為名詞的單字，來舉個簡單的例子，讀者在開始學習英語時最先會學到的句子「I am a Korean.」，在這句話中的 Korean 雖然是名詞「韓國人」的意思，但實際上這個單字也能夠當成帶有「韓國的」或是「來自韓國的」意思的形容詞。所以，如果將這個單字做為形容詞使用、沒有加上冠詞，「I am Korean.」的意思也會是一樣的。在文法上，雖然這兩句都沒有錯，但是絕大多數的母語人士在這種情況下會選擇使用後者。有兩個能夠表達相同意思的句子的時候，就算只是少了一個單字的句子，語言使用者還是會選擇比較短的句子，這種現象是因為語言的經濟性，我在之前有提到過幾次。由於這種現象占絕大多數，那麼能夠當成名詞和形容詞的「bilingual」（形容詞－使用兩種語言的；名詞－使用兩種語言的人），如果說成「He's a bilingual.」，聽起來會很不通順。我們再來看是形容詞也是名詞的幾個單字：

- 💬 • monolingual（名詞：能用 1 種語言的人；形容詞：能用 1 種語言的）
- bilingual（名詞：能用 2 種語言的人；形容詞：能用 2 種語言的）
- trilingual（名詞：能用 3 種語言的人；形容詞：能用 3 種語言的）
- Filipino（名詞：菲律賓人；形容詞：來自菲律賓的）
- Thai（名詞：泰國人；形容詞：來自泰國的）
- gay（名詞：同性戀者；形容詞：同性戀的）
- straight（名詞：異性戀者；形容詞：異性戀的）
- single（名詞：單身者；形容詞：單身的）

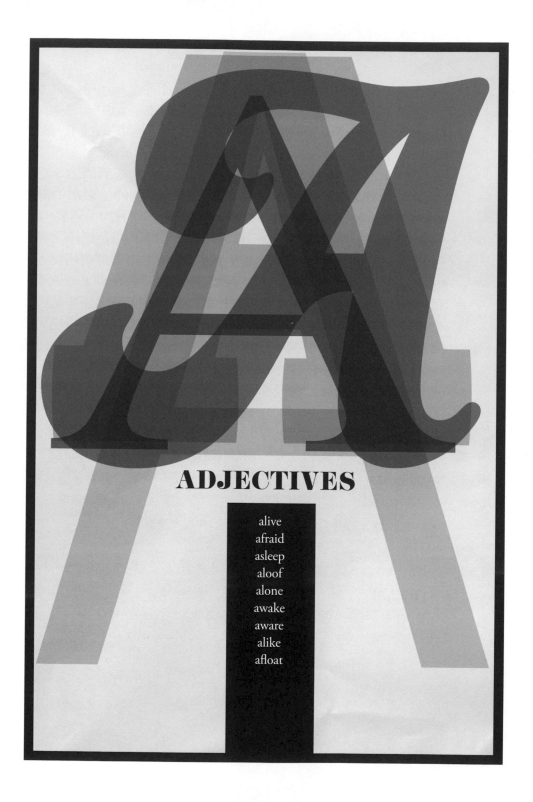

ADJECTIVES

alive
afraid
asleep
aloof
alone
awake
aware
alike
afloat

換句話說，這類的單字放在主詞補語的位置時，比起做為名詞與冠詞一起使用，反而做為形容詞、無冠詞使用聽起來會更顯得自然。這不是文法的問題，而是因為母語人士比較傾向使用形容詞的緣故。

16_06_1

16_06_2

Jennifer	Is he American?
Barbara	No, I understand he's Korean.
Jennifer	Then, how does he speak such good English?
Barbara	He might be bilingual. 'Cause his mother is American.
Jennifer	A handsome and muscular bilingual... Is he single?
Barbara	Yes, he is! But don't get too excited. He's gay.
Jennifer	How come all the cute guys around me are gay? I wish he were straight.
Barbara	Girl, you can't change his sexual identity.

Jennifer	他是美國人嗎？
Barbara	不是，我知道他是韓國人。
Jennifer	那他怎麼會英語說得這麼流利？
Barbara	他可能是雙語人士，因為他媽媽是美國人。
Jennifer	一個外型帥氣又健壯的雙語人士……他單身嗎？
Barbara	對，他單身！但別太興奮。他是同志。
Jennifer	為什麼在我身邊所有可愛的男生都是同志呢？我希望他是異性戀。
Barbara	女孩，你不能改變他的性取向。

對學習英文有幫助的
外語學習理論 5：
我們應該要按照
學習的順序來習得嗎？

（接續輕鬆一下 4）

　　到目前為止，我們看過了學習與習得的相互作用，那麼我們不管學習什麼，都要依照學習的順序來習得嗎？在學習英語文法的時候，假設我們在學習冠詞之後學了動詞的未來時態，那麼習得冠詞使用方法之後，也會習得動詞的未來時態嗎？依據 Krashen 的其他理論，答案是 NO！我們來想想看，如果我們實際上都依照學習的順序來習得的話，那麼從一開始不就沒有必要區分學習系統與習得系統了嘛！

　　根據 Krashen 的其他理論，他主張我們可以知道在學習英語文法的時候，不論我們學習文法的順序如何，在某程度上習得的順序已經決定好了。用一句話來簡單說明他的理論就是，**不論外語學習者的母語和年紀，他們在習得文法規則時，都會依照類似的過程**！然而許多學者、包含 Krashen 的研究中，都表示習得的順序與學習順序完全沒有關聯。自從 1970 年代開始，出現了很多支持這個主張的研究結果，最具代表的是

Dulay 與 Burt 學者共同研究的《Morpheme order studies》（語素順序研究）▶。附註，在這裡所說的英語語素具有文法上的功能，例如：複數形名詞後面所加上的「-s/es」、現在分詞形的動詞後面所加上的「-ing」、規則動詞的過去式形態後面所加上的「-ed」等，也被稱為文法語素（grammatical morphemes）。Dulay 與 Burt 研究以西班牙語為母語和以中文為母語的小孩習得具有文法功能的英語語素的順序，他們發現了一項有趣的事實，也就是不論小孩的母語為何，他們習得英語語素的順序很相似。所以這代表不論是說西班牙語的小孩，還是說中文的小孩，他們都有類似的英語語素習得順序。在這之後，Krashen 把相同的研究套用在成人學習者身上，很驚訝地發現到他們習得英語語素的順序結果與 Dulay & Burt 的非常相似。在其他學者進行的相同研究中，就算順序沒有很一致，但大致上也出現很類似的結果，這不是很驚人嘛！

　　不管如何，因為這些研究結果都很類似，所以我們來看其中的一項研究吧。以下是在 1974 年 Krashen 與 Bailey、Madden 一起研究的習得順序結果。

英語語素習得順序
▶ 首先是現在進行式（-ing）
▶ 接下來是名詞的複數形（-s/es）

▶ 雖然在學術界是稱為「morpheme studies」（語素研究），但因為這是研究學習者的英語語素習得順序，為了要讓讀者能夠明確地理解順序的意思，所以就沒有省略「order」這個單字。

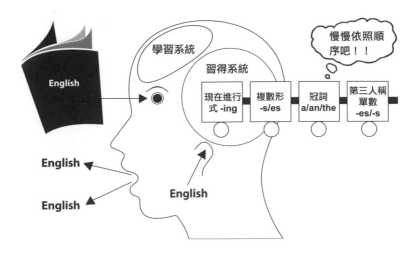

▶ 再來是冠詞（-a/an/the）
▶ 接下來是第三人稱單數現在式（-s/es）
▶ 再來是所有格（-'s）
▶ 再來繼續習得……

　　再次強調，在其他相同主題的研究結果中，就算不是 100% 一致，普遍也呈現與其類似的結果。換句話說，不管是小孩或大人、韓國人或印度人、蝙蝠俠或是超人、親切的金子小姐還是無理的愛英小姐，或任何**英語學習者，無論他們的英語學習順序為何，都會用相似的順序來習得英語文法**。因此，這些革命性的研究改變了當時語言教育體系的範本，這些範本是以「學習」為中心的行為主義（behaviorism）語言教育模式。原來如此！所以該怎麼辦呢？我們能怎麼做呢？在學習英語的時候應該要活用呀！！！

　　依照學者們的主張，如果有可能預測出習得英語文法的順序，從英語老師的立場來看就會有個問題，他們必須要仔細地確認文法課程中要教學的順序。如果從習得相對比

較晚的部分開始教學，而學習者也一直對文法錯誤感到困惑，這會是從一開始就讓學習者精疲力盡，而成為零（zero）效率的課程。當然，從學習者的立場來看，不應該去背誦無法習得的文法。因為**在語言系統還沒準備好習得這項文法的時候，只是一味地去背公式是沒有任何用處的**。這也代表在習得這些文法之前，還有其他文法需要學習的意思。所以更有效率的學習方法是，首先要專注在目前學習者的語言系統已經準備好習得的文法使用方法，同時耐心地並持續地接觸各式各樣的例句，別太執著於目前感到學習困難的文法。

　　如果讀者的語言系統已經專注於目前準備好的文法要點，同時冷靜並逐步地接觸各式各樣的英語例句，讀者們就能自然地找出文法的要點，接著是進階的文法要點，以這樣的順序習得。因此我想要再次提醒讀者，在習得文法的過程中，需要有耐心地學習。在學習英語的時候，一直不斷地強調耐心的重要性是不為過的。

Epilogue 後記

在學習文法的時候，改變 Mindset 吧！

在現在的社會中，人們為了在競爭中生存下來就必須學習英語。然而，以學習英語為專業的我堅決反對這個觀點。我認識幾個徹底跟隨著「競爭」主題的朋友，他們現在炙熱地活著，在這個瞬間也把每個人當作競爭對手。從社會的標準來看，他們已經實現了許多成就，但他們會不斷地拿身邊的人和自己做比較，看到其他人比自己擁有更多就會感到不開心。由於這些人認為他人的喜悅是自身的不幸，他們不願意和其他人分享喜悅。從幸福觀點來看的話，這完全不是成功的人生。

我現在正在教授美國英語教師證照的課程，我想告訴大家，我學習英語的目的並不是為了要打敗別人或拿到好成績。我非常喜歡和人交流、結交新朋友，希望能與世界上各式各樣的人溝通，所以我一步一步地學習英語，同時把英語當作溝通工具，成為我目前英語實力的基礎。這段過程並不像為了要與人競爭而學習英語一樣緊張；也不會像為了要考好考試而學習英語一樣無聊。我現在回想起過去，只有開心與愉快的回憶。我領悟到的是，**學習語言的目標如果是與人溝通，才能享受其中的過程。而且，學習文法也沒有例外。**我們所要做的就是溝通，就連問過我為什麼要學習令人頭痛的文法的學生們，他們在這堂以語言教育哲學為基礎的課程中也感到很有趣，這可以從他們參與各種使用文法的 Activity 來證明。雖然我寫這本書是為了要敘述學習英語文法的方法，但我也希望讀者們在學習文法的時候，也能抱持著這種 Mind-set。

2018 年夏天，於佛羅里達
金峨永

参考文献

Reference

Brown, H.D. (2000). Principles of Language Learning and Teaching. New York: Longman.

Ellis, R. (1994). The Study of Second Language Acquisition. Oxford: Oxford University Press.

Gass, S.M., & Selinker, L. (2001). Second Language Acquisition: An Introductory Course. NJ: Lawrence Erlbaum Associates.

Kim, A. (1994). CIES Grammar book 4B. Tallahassee, FL: Florida State University.

Leech, G.&Svartvik, J. (1994). A communicative Grammar of English (2nd ed.). New York: Longman.

Lightbown, P.A., & Spada, N. (1999). How Languages are Learned. Oxford: Oxford University Press.

Rideout. P.M. (2000). The Newbury House Dictionary of American English. Boston: Heinle & Heinle.

Swan, M. (2005). Practical English Usage. USA: Oxford University Press.

台灣廣廈 國際出版集團
Taiwan Mansion International Group

國家圖書館出版品預行編目（CIP）資料

對話學文法【基礎篇】/金峨永著. -- 初版. -- 新北市：
語研學院, 2023.08
　面；　公分
　ISBN 978-626-97244-6-8
　1.CST: 英語　2.CST: 語法

805.16　　　　　　　　　　　　112008906

LA PRESS 語研學院
Language Academy Press

對話學文法【基礎篇】
用母語人士的方法學英文，不必想、不必背，文法直覺自然養成

作　　　者／金峨永	編輯中心編輯長／伍峻宏・編輯／古竣元	
譯　　　者／張芳綺	封面設計／何偉凱・內頁排版／菩薩蠻數位文化有限公司	
	製版・印刷・裝訂／東豪・弘億・秉成	

行企研發中心總監／陳冠蒨　　　線上學習中心總監／陳冠蒨
媒體公關組／陳柔彣　　　　　　數位營運組／顏佑婷
綜合業務組／何欣穎　　　　　　企製開發組／江季珊

發　行　人／江媛珍
法律顧問／第一國際法律事務所 余淑杏律師・北辰著作權事務所 蕭雄淋律師
出　　版／語研學院
發　　行／台灣廣廈有聲圖書有限公司
　　　　　地址：新北市235中和區中山路二段359巷7號2樓
　　　　　電話：（886）2-2225-5777・傳真：（886）2-2225-8052
讀者服務信箱／cs@booknews.com.tw

代理印務・全球總經銷／知遠文化事業有限公司
　　　　　地址：新北市222深坑區北深路三段155巷25號5樓
　　　　　電話：（886）2-2664-8800・傳真：（886）2-2664-8801
郵政劃撥／劃撥帳號：18836722
　　　　　劃撥戶名：知遠文化事業有限公司（※單次購書金額未達1000元，請另付70元郵資。）

■出版日期：2023年08月　　　　ISBN：978-626-97244-6-8
版權所有，未經同意不得重製、轉載、翻印。